花畑の中の十字架

献身 その2

ハン スージ

Susie Han

文芸社

目次

花畑の中の十字架（献身　その2）

第一章

誠は、遠くから徐々に近づいて来る微かな雷鳴を聞き取るかのように、自分の身体の変調を感じ始めていた。しかし、生来頑健である人間が得てしてそうであるように、彼はそれを黙殺しようと努めた。あたかも、本人がそれを気に留めさえしなければ、それも本人を気に留めず遣り過ごしてくれる、とでも言うように。どっこい病魔の網は、〝恢恢《かいかい》疎《そ》にして〟、ひとたび睨まれた者を滅多に漏らしはしない。

人間心理ほど度し難いものもない。たとえ定期健診で正常値をはるかに逸脱した値が示されようとも、自分の尿がうっすらと赤みを帯びているのに気付いていても、何とかシラを切り通せるものと信じている。実際、たとえ一時的であれ、すっかり忘れていることとさえ出来る。恐らくこれは欠陥というより、人間に与えられた能力の一つなのだろう。人は、対峙している問題がどれほど深刻なものであるか否かを直感によって本能的に、驚くほど正確に察知するではないか。自分が正面から向き合うには事が大き過ぎると判断した時、人は無意識に横を向く。人間はどうでも良い瑣末な事柄に関してては実に執念深く辛抱強く、微に入り細に入り労力と時間を惜しまずに詮議するが、結婚・戦争・死などという人生上の重大な問題については、サイコロでも振るようにいい加減に決定してしまう、とある詩人が言っている。

ジースンには、誠の食欲不振と脱力感が目に付きだし、それが不安な気持ちを掻き立てた。

「あなた、体調がよくないんじゃない」

ジースンの問い掛けに誠は、

「うーん、そうだね」

と生返事を返した。

「病院で診てもらったら」

やはり

「うーん」

と苦笑いを浮かべた。

それから十日ほど経って、ジースンはトイレの便器の中にそのしるしを見た。生理が多いときなど、流した後にもうっすらと赤みが残ることがあるので、一瞬自分のものかと思ったが、すぐにそうでないことを確信した。

大切なことを隠されて喜ぶ家族など滅多にいないだろう。尻尾を捕まれた誠は、帰宅するなりジースンから批評と哀願と脅迫が入り混じったような詰問を受けた。

誠は、時が来たら速やかに観念することも雄雄しく闘うことも知っている男だけに、ひとたび病と向き合う決心をしたからには、誤魔化すことや後ろ向きになることなど、微塵もなかった。そもそもジースンは誠のこういうところが好きだった。精密検査、次いで生体検査の結果の慢性腎不全という病名は、まず会社にそしてボルティモアに留学中の娘由美に伝えられた。

由美は医者の卵らしく、しっかりした落ち着いた口調で、まずは医者と看護師の言うことを良く聞き、決して自己流の判断をしてはならないと、言い含めた。

「弱気も強気もどちらも駄目。いいわね、お父さん」

「焦らずに……」

「分かっているよ」

　誠がじれて言うと、

「それよ、それ。いい？　焦らず諦めず。どんなに辛いときがあっても、慌てず騒がず……だからね」

　その後、由美は腎臓の機能と性質から始まり、慢性腎不全に対する一般的な注意事項などを分かりやすく説明した。誠は心の中で苦笑しつつも、

「いや……たいしたもんだ」

　と、成長した愛娘を心底誇りに思った。

＊

　慢性腎不全という、完治不可能な厄介で陰湿な病と向き合うために誠の日々の生活は見直しを余儀なくされた。一変したというのではなく、自身の病態を理解した上で、主治医の指導に従って病期に合った運動と食事療法を実践しなければならなかった。飽くまでもジースンの主導の下、二人はそれを忠実に実行した。誠の療養が長いもの

になるのは明らかだった。いつ治るというものでもなく、いつ改善されるというものでもほとんどない。来る日も来る日も、蕭蕭《しょうしょう》と降り続く秋の長雨のように、希望や張り合いという陽の光をどんなに待ち望んでも、寒々とした霞に覆われた日々。じめじめした闘病生活。そんな辛い闘病生活を、たった一人で甘受しなければならない人が、どんなに多いことか。しかし誠は独りではなかった。傍らには、優しくも厳しいジースンがいた。これこそ人生の栄冠でなくして何だろう。そんな中で、誠の病気を除いて、ジースンの気懸かりは二つ、先々のお金のこととアンドリューのことだった。

義母の恵美子の資産といえば、もはや以前のように潤沢な蓄えではなかった。高齢ゆえに何かと身銭も必要だろう。慣れない貧乏生活を強いるわけにはいかないことは、ジースンと誠にもよく分かっていた。

ジースンは、いつか誠の傍らを一時も離れられなくなる時がやって来るかも知れない。そうなったら、アメリカや日本で、アンドリューと一緒に過ごす時間を持つことはおろか、定期的に続けられてきた息子との楽しいスカイプさえ難しくなる日が来ることも考えられた。

二人は、口に出さずとも脳裏をかすめ心をよぎり、将来に重くのしかかってくるであろう心痛を目と目で読み合い心と心で励まし合った。

それでも一年目は、二人の日米でのスカイプの頻度はいくらか落ちたものの、共に過ごす春、夏、そしてクリスマスのひと時には、母と子は互いの愛の思いのたけをありとあらゆる日々の営みと感情にまぶし、隠し、囁き、投げかけ、押し付け、撥ねつけ、擦り付け、絡ませた。そして時にはそっぽを向いてみたり、むくれてみたり、有頂天になったり、感謝に咽《むせ》んだりして夢中になって共に失った時間を取り戻そうとした。そんな二人の様子を傍らで見守っていたウィリアムは、微笑ましそうな表情を浮かべながら、

「まるで、一卵性親子だ」

誠は辛抱強く規則正しい会社勤めを続けた。残業や出張などきつい仕事からは外されていた。いっぽう、日々の食事に細心の注意を払うことは、ジースンの大切な役割だった。誠の病状の進行と回復の多くが正に食事に懸かっていたので労力と工夫いずれにも手を抜くことは許されなかった。ジースンはこの役割に熱中し没頭した。

由美が時おり連絡してきて近況を尋ねた。

「お母さんの言うこと、ちゃんと聞いているだろうね？　お母さんの言うことを聞いてさえいればいいんだからね。お父さんは」

有無を言わさぬ調子だった。

「そういうお前はそちらの先生方の言うこと、ちゃんと聞いているかい」

「当たり前でしょう。医学生が先生に反論なんかしてどうするの」

「いや、ちゃんと手伝いや宿題をやっているかって……」

「安心してちょうだい。日本に帰ったら、確認し点検し採点して、お医者さんに言いつけるからね！　楽しみだわ」

「はっははは！」

誠は久しぶりに心の底から笑った。


検査と診察が続けられ所見が伝えられた。付近の公園や街並みの中の穏やかな散歩が続けられた。ゆったりと規則的に流れる二人の時間の中では何の矛盾も違和感も無かった。しかし、その間にも病態はゆっくりと確実に進行していった。

その年の暮れをシアトルで過ごしたジースンは、自分に夫がいる事実をウィリアムに告げた。そして、このまま夫の状況が好転しなければ、来年は息子に会うことさえ儘《まま》ならなくなるかも知れないことも。

＊

無事兵役を終えたテホは、辛い責務を果たした後の清々しい空気を満喫するかのように、日本でのアルバイト生活を送っていた。その、人好きのする性格と利発そうな相貌は、ジースンの亡き弟ジーニョンの面影を映していた。ジースンとテホとは昔から不思議に馬が合った。こういった肌合いの感覚は、どちらも何かを確かめたりしなくても、直感によって自ずと感じ取れるものだ。ジースンは息子のような、弟のようなテホを心から愛した。彼が、掛け替えのない青春時代を送る場として日本を選んだのも、この向日葵のような叔母が日本にいたからではなかったか。もちろんそれは誰にも分からない。彼自身にも。

ジースンが、誠との運動と食事療法による二人三脚の生活にも大分慣れてきた頃の、よく晴れた秋の日の午後だった。気前のいいジースンは、それまでも可愛い甥に声をかけてはお金に糸目をつけずに食事をおごってやった。その日テホは、

「なんか久しぶりですね。いつ声が掛かるかと心待ちにしていましたよ」

と冗談笑いをした。

「ごめん、ごめん。ちょっとあってね」

ジースンも笑い返した。


その日、回転寿司屋のカウンターに座った二人は、二匹のハイエナと化した。おしぼりで手を拭い、にこやかに二言三言言葉を交わし、お茶を口に含むまでが人間だった。二人の目の前に、小皿の山が見る見るうず高く積まれて行き、それに埋もれていく姿は圧巻だった。周りの客の驚き呆れたような視線を浴びながら、マグロ、イクラ、イカ、赤貝、エビ、アナゴ、茄子、カッパ、と手当たり次第に口の中に放り込んでいった。

「あー、食べた。ご馳走さま！」

二人が席を離れるとき、客の間からパラパラと拍手が湧いた。

近くの喫茶店に場所を移し、食後のコーヒーを飲みながら、やおらジースンが聞いた。

「テホ、彼女できた？」

一瞬、危うく噎《む》せそうになったテホは、一呼吸置いて咳払いをして笑みを浮かべた。

「へえ……いるのね」

叔母はにっこり微笑んだ。

「ははは……」

返事に代わる惚気《のろけ》笑いだった。

叔母は、微笑みながら甥の次の言葉を待った。〝これって轟沈そのものだ。そう、轟沈。他でもない叔母さんに聞かれるとは思わなかった。叔母さんじゃ仕方ないか〟

テホの頭の中がクルクル回った。

「女性って、なんと言うか、不思議な生き物だって思うことがありますよ」

「そうね。そうでしょうね」

「学生時代にも、こう……なんか煙に巻かれる感じで。巻かれていて呆然としていると、今度は『どうしたの？』なんて逆に不思議がったりしたりして」

「ふふふ……。わ……かるわ」

「こっちが思ってもいない所で臍を曲げてみたり、これは怒るだろうなと覚悟していると『女はそんなことでは怒らないよ』とはぐらかされたり、そうかと思うと急にはしゃいでみたり、むくれてしばらく口も利いてくれなかったり」

「男は手を焼くものよ」

ジースンは面白そうにククッと笑った。

「それはそうよ。そもそも自分でも分かっていないんだから」

「そうか、やっぱり……」

「多分、男と女では理解の仕方そのものが違っているんだと思う」

ジースンはそう言った後、〝生き方そのものが『理解』とは別物なのかも〟と心の中で呟いた。


その日テホはたっぷりと彼女の話をした。本人に惚気たつもりは無かったようだが、傍で聞いていれば惚気以外の何物でもなかった。テホの話によれば、要するに、感謝と悲鳴、喜悦と怖気の狭間の狂気のような幸せの只中に引き摺り込まれたということだった。女性という存在は本来生物学的にそういうものなのか。愛する相手を鼓舞し奮い立たせ、そうして仕事に駆り立てるのだと。ジースンは、テホの話をじっと聞きながら、楽しくて仕方ないという風情で微笑んでいた。

「彼女が『私はゼンマイで貴方は時計の文字盤の針。私は弓と弦で貴方は矢』って言うから、僕が『でもさ、仕事しているのは発条《バネ》と弓と弦だよ』って言い返すと、『そうか、そうね。じゃあ、貴方がゼンマイ。私を綺麗な文字盤で回して！』なんて。要するに男は砲弾で女は発射台。人生において自分はその役割に徹するんだっていう、ものすごい覚悟があるみたいなんです」

ジースンにも、彼女の気持ちが分かる気がした。

「でもね、叔母さん。彼女、目立つのは好きみたいです。綺麗だし」

二人は楽しそうに笑った。

「とにかく僕に仕事をさせるのが何より嬉しいみたいで……」

ジースンはうんうんと頷いた。

「彼女、凄いですよ。僕はテプン（台風）って呼んでます。男の平均寿命がいつまでたっても女を追い越せないのも当然ですよね……」

ジースンには、テホがぼやきながらも心中喜んでいるのが手に取るように分かったので、ちょっとからかってみた。

「本当よね。貴方は無理しないで長生きするのよね。うふふ！」

テホは照れくさそうに頭を掻いた。

＊

秋も終わりに近づく頃、血中のカリウム値が、わずかだが確実に上昇した。医者は食事面の注意事項を繰り返し、しばらく薬は変えずに様子を見ましょうと言った。ジースンは食品のバランスを注意深く再確認した。誠はそれまでと変わらず会社勤務を続けた。直面するものの正体を直視し、然るべき対策を取り、愛するものが傍らに控えてくれているのに何を恐れ思い煩うことがあろうか。

年が明けると、カリウム値は極めて緩やかではあるが継続的に上昇する傾向を見せ始めた。医者は改めて投薬の種類を吟味した。幸い尿毒症の兆候は無かった。

誠は、折に触れ何とも言えない疲労感に襲われることがあった。しかしそれを表には出さずに暮らそうと努めていたものの、そのうち仕事に差支えるようになると、繰り返し聞かされてきた由美のいつもの言葉を思うにつけ、早退を願い出ることも珍しくなっていった。そんな自分を省みては、〝これも人生だ〟と自分に言い聞かせた。ジースンはというと、そんな誠の様子を。顔色一つ変えずに優しく平静に受け入れてくれた。

その春、彼女は恒例になっているわが子の誕生日のためのアメリカ行きを初めて断念した。

慢性腎臓病という暗鬱な病名が現実のものとして二人の前に鎌首を持ち上げた当初には、当然ながら、〝移植〟という二文字が二人の頭の中で明らかな形を取ることはなかったし、病院の方からもそれを切り出すことはなかった。しかし、当事者の心の中に様々な考えや心象が去来するにつけ、ましてや生体検査の結果が出るに及び、二文字がおぼろげながらも二人の心に浮かんでは消えていった。それを誠は半ば無意識に、どうにもなるものではないと、と心の片隅に追いやって忘れようとしたが、一方のジースンは違っていた。

ジースンが総合医療センターに出向くまでには時間が掛からなかった。思い立ったら最後、彼女の行動の速さと振幅の大きさは、余人の及ぶところではなかった。いずれにせよ、それが彼女の心からの行動であり、自ら責任を取る実践である以上、いったい誰が反論できるというのか。ジースンは実践行動に出た。まず、確認しようとしたのは、自分の二つの腎臓の状態だった。以前の交通事故で蒙った肝臓破裂以外の臓器の損傷の有無である。

損傷はあった。医師は画像を示しながら大きい方の右の腎臓が修復された経緯を簡潔に説明した後、いくつかの大きな修復と多くの小さな修復が綱渡りをするように命の瀬戸際で行われたことを説明した。そんな大手術から奇跡的に生還した体は、生命力の強さを物語っているものの、体力はいわば一個のバッテリーにも等しく、上がってしまえばそれまでということも付け加えた。

帰路ジースンはゆっくりと歩を進めた。落胆したからでも怯《ひる》んだからでもなかった。いろいろ考えながら歩いたからだ。彼女は、頭の中で、どうすれば網の目を潜れるか模索していた。本来潜りようのない網の目を前にして、むしろいつもの〝中央突破〟

という常套手段だけが頼りになるのではと感じた。彼女は胸いっぱいに息を吸い、そしてゆっくりと吐き出し自分に言い聞かせるように呟いた。

「これでよし」

カリウム値はじりじりと上昇しつつあった。二人の静かな格闘が淡々と続けられた。初夏を迎える頃になると、誠が大事を取って欠勤する日もちらほら出始めた。ジースンの息子とのスカイプは、次第に辛く切実なものに色合いを変えていった。愛する二人が、会うことも儘ならない状況に追い込まれていく時のせつなさ悲しさが、〝寂しいスカイプ〟という手段によっていっそう深まった。愛する男女の別れにも同じ原理が働いているのではないだろうか。

愛する息子に向かって、お互いあれほど楽しみにしていた夏休みの一緒に過ごす一時を中止しなければならなくなった、と伝えなければならない母の胸中とはいかばかりなものか。しかしジースンは伝えた。その夜ジースンはアンドリューの写真を胸に抱きながら、激しく咽び泣いた。

誠に尿毒症の症状が現れ始めたのは、それから間もなくのことだった。

第二章

六月のある日、アンドリューが学校から帰ると、門を入ったすぐ脇の濃いピンク色の西洋シャクナゲの植え込み前に、一人の女の子がむこう向きでしゃがんでいた。女の子は空色のワンピースに濃い茶色の髪を無造作に後ろに束ねていた。彼女の後姿に目をやりながら、アンドリューはゆっくりと門を開けた。女の子はすぐさま振り向いて、なんだか間の抜けたような眼差しをアンドリューに向けた。二人は同じように口を半開きにしたまま。少し間をおいて、

「ハーイ」

と門を閉めながらアンドリューが声をかけた。女の子の顔にちらりと笑みが浮かんだ。アンドリューには女の子が二つ三つ年下に思えた。彼女はシャクナゲの葉を指差しながら、

「てんとう虫……」

と一言発すると、またむこう向きにしゃがんだ。アンドリューも彼女の横にしゃがみ込んだ。オレンジ色の綺麗なてんとう虫だった。アンドリューはそれを手に取って、

「それっ！」

掛け声もろとも投げ上げた。虫は飛んでいかずそのまま地面に落ちた。

「あー」

可愛らしい声を上げながら、女の子がそれを拾い上げ優しく指先を虫に這わせた。そしてそっと唇を近づけ〝ふーっ、ふーっ〟と二度息を吹きかけた。虫は、まるで再び命を吹き込まれたように、パッと羽を広げ、ちょっと静止してから〝ブーン〟と微かな羽音を残して六月の陽射しを受けながら彼方へと飛んでいった。女の子はアンドリューを見つめながらにっこりと微笑んだ。アンドリューも笑った。

「私はシャーリー。お母さんと来たの」

アンドリューは、十日ほど前に父が〝アリーおばさんが娘をつれて遊びに来る〟と言っていたのを思い出した。

ウィリアムの話によれば、アリーの曽祖父の代に一族はイタリアからアメリカに移

住してきたのだと言う。苗字のロセッティという響きからは、幸いドン・コルレオーネやアル・カポネなどは連想されないものの、時代から言えば正にドンピシャリだった。〝祖先がシカゴやニューヨークではなく、この地を選んでくれたことは幸いだった〟とアリーは笑った。

アリーは若い頃小説家になろうとしていたが、現代文学の世界が持つある種の辛気臭さにどうしても馴染めず、今は文芸雑誌の編集長をしている。

「『詩をお書きですか？』ってずっと言われたわ。学生の頃からよ。女で苗字がロセッティで、文学をやっていたり出版社に勤めていたりすると、もうなんとしても詩人に仕立てたいらしいわ」

彼女は、娘と同じように長いブロンドを無造作に後ろで束ね、日焼けした顔に満面の笑みを浮かべながら、身体全体から生きる歓びとでも言うべきものが溢れ出て、接する者をその魅力に引きずり込まずにはいなかった。

四人はしばらくリビングで団欒していた。アンドリューがシャーリーに、

「ねえ、モノポリーで遊ばない？」

と声を掛けると、シャーリーは、

「モノポリーあるんだ。わたし大好きよ」

と微笑みながら間髪を入れず答えた。二人は、一緒に、

「やろう、やろう」

と声を揃え、親を残して子供部屋に向かった。

二時間程してリビングに戻ってきた二人に、アリーが、

「モノポリーどうだった？」

と声を掛けると、シャーリーが、

「アンドリューとの交渉に負けて破産しちゃった」

と苦々しそうに言うと、アンドリューは側でニヤニヤしながら、

「シャーリーが欲張って豪華な家を建てようとするからだよ」

と自慢げに言ったので、ウィリアムとアリーは顔を見合わせ微笑んだ。

夕方、四人はウィリアムの車で近くのイタリアンレストランへ出かけ、家に戻った
四人がリビングで寛いでいると、

「アンディー、お父さんって真面目でしょう？」

と突然訊ねた。すっかりアリーにも打ち解けたアンドリューは遠慮容赦なく答えた。

「うん。でも一人でビデオの映画を見ていて笑い転げていることもあるよ」

ロセッティ親子は楽しそうに笑った。ウィリアムは苦笑しながら、

「そりゃ、父さんだって、一日中くそ真面目な顔ばかりもしていられないさ」

と応じた。

〝これから大変な秘密をお知らせしますよ〟という風情でアリーが大きな瞳で子供たちを見回し、右の人差し指を立てながら、

「お父さんは絵本を書くんだよ」

と明かした。アンドリューとシャーリーは、ぽかんと口を開いたまま、ウィリアムを見た。ウィリアムはちょっと照れくさそうな笑みを浮かべたが、アリーはかまわず先を続けた。アリーは自分がウィリアムの若い頃の水彩画を見て絵本を書くことを薦めたこと、でも物語は自分が書くことになりそうだと。

「彼の作品を二つ読ませてもらったけど余りに真面目な話だったわ。不思議でもっと面白い話だったら彼に任せるけどね……」

そう一気に、目を剥いたり細めたりしながら捲《まく》し立てたので、子供たちは涙が出るほど笑い転げた。

ウィリアムは絵をちゃんと勉強したことはなかった。ただ子供が好きで小学校の先生になったのだった。

「愛しているということは、ずっとそれを見つめていても飽きないということよ。彼の絵が生命を感じさせる理由は、この一点にあると思う。それは何の変哲も無い永遠の真理なの」

アリーは饒舌だった。子供二人は、あっけに取られたような真顔で聞いていた。ウィリアム一人が笑っているような、泣いているような、なんとも妙な表情を浮かべていた。

＊

昨年の秋から今年の春にかけてアンドリューはずっと塞いでいた。母親と一緒に過ごす時間を奪われたことに対し気持ちの整理を付けることなど出来る筈も無かった。完全な自己喪失の状態だった。

ジースンが離婚してシアトルを離れなければならなくなった時、アンドリューはまだ三歳だった。彼にとって離婚ということの意味はもちろん、その言葉さえ理解できなかっただろう。実際に母親と一緒に暮らせなくなったものの、それまでも母親が祖母の入院付き添いのため韓国や、仕事の関係で韓国や日本に行って十日ほど家を空けることがあったので、その延長か何かのように感じていたかも知れない。もちろん母親の不在の時間が長くなるにつれ〝何か変だ、どうしたのだろう？　なぜこんなに長く家に帰ってこないのだろう？〟と心の中で子供ながらの疑問を抱くこともあったろうし、自分には与り知れぬ大人の世界での父と母の関係に生じた何かを本能的に感じ取っていたかも知れない。いずれにせよ〝何かが起こり、母はシアトルを離れたのだ〟と。

こうしてアンドリューは、ある詩人の言葉を借りれば〝名辞以前の〟無防備な状態にあったのだ。そんな彼が澄んだ空気を吸い続けられたのは、ひとえに父と母の深い愛情と配慮の故だった。離婚しながら絶妙のコンビネーションで対処してきた賜物である。それは、いうなれば奇跡的な共同作業だった。アンドリューは決して不幸ではなかった。生き生きと暮らし健やかに育った。

アンドリューが両親の離婚という事実を概念的にもはっきり知ったのは、彼が八歳の時だった。学校の友達にも両親が離婚しているケースが少なからずあり、さまざまな話を聞かされたり、実際に見聞きするにつけ〝ああそうか、自分の両親も離婚していたんだ〟と徐々に理解していったに違いない。その意味では心の準備と現実把握が並行して進行したせいもありショックはそれほど大きなものではなかっただろう。それは正にジースンとウィリアムが望んだところでもあったのである。

アンドリューが十三歳を迎えた、前の年の春の誕生日に合わせ、ジースンがシアトルに飛んでいけなかった理由を息子になんと言って納得させようとしたか。〝大切な人を看病しているから〟、たったこの一言が言えなかった。何故かは自分にも分からない。誠が肉親ならそう言えただろうが、そんな嘘をついて息子を騙すことも憚《はばか》られた。誕生日のアメリカ行きを断念し、来るべき長い夏休みにも、わが子と一日も会えない〝訳〟などどこにあるというのだろう。どんな理由を挙げようと、それは嘘の上塗りに過ぎなかった。

幼いアンドリューにとって、母親と別れなければならない理由など、それが〝仕事〟だろうと〝離婚〟だろうと〝深い訳〟だろうと、違いがあろう筈もなかった。概念世界に一歩一歩近づきつつあった彼にとっては、それが〝天変地異〟でない以上、他のいかなる理由も彼を納得させることなど出来ない相談だった。たとえ〝仕事で手が空かない〟というような拙い理由でも、彼にとっては違いが無かったのだ。

母親が、いかに巨大な障害を目の前にして身悶えていようとも、それはあくまで火災でも津波でも旱魃でもない。大切な相手の大病を天災と同じように見做し慮るには、なんと言っても彼はまだ幼すぎたのである。

アンドリューが、母の言うところの〝仕事〟を耳にしたその日から、彼の本当の試練が始まった。彼の耳が〝仕事〟という言葉を聞けば彼の心も素直に〝仕事〟を認識するのが幼年時代だったとすれば、今は彼の耳が〝仕事〟と聞いた時、彼の心は漫然とではあれ〝他の何か〟を感じ取っていた。彼はそれまで、一度も〝離婚〟という言葉を口にしたことはなかった。概念認識のとば口に立った彼は、言葉そのものは知っていたが、それを深く考えることは無かった。それは、立ち入らなくて済むように、両親が細心の注意を払い、アンドリューもまたそれに立派に答えたからである。

〝他の何か〟は暗雲のように彼の心に重く垂れ込み、それでいて決して口にすることはなかった。しかしそれは、抱擁に対する抱擁のように温かいものではなく、偽装に対する偽装のように哀しく冷たいものだった。母は愛ゆえ装い、息子も愛ゆえ装った。〝他の何か〟の影は、結婚、離婚、再婚などという概念思考の枠を飛び越え、対象がどんな範疇に分類されようと、天だろうと地だろうと、夫だろうと兄だろうと、父だろうと間男だろうと、自分で無い限り皆同じことだった。いつしか〝他の何か〟は〝他の誰か〟へと変わっていった。

アンドリューが母を詰《なじ》ったり、詰問したり、駄々を捏《こ》ねたり、甘えたり出来る子供ならむしろ良かったかもしれない。しかし彼はすでに余りに淋しい時間を過ごし一人でそれと闘い、そして母を愛し過ぎていた。母も自分を深く愛してくれ、それでも尚一緒に過ごせぬのっぴきならない訳があることを知り抜いていた。母を責めることも、いや誰を責めることも出来なかった。そうかといって、平気でいることも、思い切り泣いて忘れることも出来なかった。こんな時、人は往々にして心を自ら食いちぎってしまう。『アルル』のジャンのように、アンドリューの自尊心が許さなかった。彼はまるで、失恋したが失恋などしていないと装う男のように、愛されていたのに愛されたことなどなかったと嘯《うそぶ》く男のように、ハムレットやウェルテルの出来損ないのような妙な所へと落ち込んでいた。

母とのあれほど楽しみにしていた束の間のやり取りも、拗《す》ねたような空元気のようなちぐはぐなものへと変わっていった。嬉しいのに悲しく、悔しいのに冷ややかだった。しかし連絡は、まだジースンの方から定期的にあった。

こんなときだった。アリーがアンドリューの前に現れたのは。

＊

夏休みに入ると、アンドリューとシャーリーは、木立に囲まれた広い芝生の裏庭でボール遊びをしたり、熱い日にはホースで水を引いてきて水遊びをしたりして過ごした。また自転車で三十分くらいの公園へ遊びに出かけた。広い公園には、鮮やかな緑の芝生を縫って遊歩道と自転車道が入り組んで走り、ベンチや様々な遊具が疎らに配置され、水飲み場や手洗い所やトイレも数箇所あり、またテニスコート、グラウンドなどの施設もあって、老若男女を問わず各々が寛いだ一時を過ごしていた。二人は夕方までそこで一緒に過ごし、暗くなる前にアリーが車で迎えに来て、自転車に乗った二人を見守るようにうしろから車でゆっくりと家まで付いて帰った。そのあと四人で食事に出かけることもよくあった。

「年をとればとるほど、ますます強くなる思いは……。抽象は駄目だってことね。とにかく駄目」

アリーはポテトを上手に咀嚼《そしゃく》しながら言った。持論に次第に熱が入ってきた。さすがに子供たちに向かってというよりウィリアムに言っているようではあったが。アンドリューがシャーリーの方へ顔を向けると、彼女は〝いつもこんな調子なの〟と言う体で、ちょっと恥ずかしそうに、迷惑そうにはにかんだ。

「情報量が増えれば増えるほど抽象はむしろ容易になっていくものよ」

こんな話を延々とやられたためしには友達も逃げ出してしまうだろう。しかし彼女の生き生きしたその話し方、内から湧き出る何とも言えないエネルギーが聞く者、いや聞かされる者を惹きつけ、二人の子供さえ訳も分からぬまま引き摺り込まれるのだった。

「抽象って、あのピカソやなんかのヘンテコな絵のこと？」

アンドリューが訊いた。

「いいえ、全く関係ないの！」

待ってましたとばかりにアリーは目を爛々《らんらん》と輝かせ、新たな餌食の方へ向き直った。

「そういう風に考え始めると、ほんの一歩間違えば、古代の装飾や美術はみんな抽象で、私たちが普段撮る写真はみんな具象ということになるわね。私に言わせると、そういう拙速な分類方法そのものがすでに抽象なの」

「合理的なものの捉え方ということ？」

われらのウィリアムがやっと重い口を挟んだ。

「例えば人間は武器という物を持っているわね？　でもそれはどこででも振りかざすような物ではなく、それを扱うには極めて慎重に細心の注意を払ってやらなければならないわ。そのようなものが武器以外にもあるということなの」

父は軽く頷きながら、深く考えるような仕草をした。二人の子供は口を開けたまま黙っていた。彼女の言わんとしていることが自分たちにも咀嚼できるか考えているかのように。

「蛍を知るとは、手に取って触ってみて何かを感じるということよ。それには時間も手間も掛かるけど。それをしなければ、蛍を知ったことにはならないわ」

アンドリューは顔を少し上げアリーの方を向いて小さな声で、

「具体」

「アンディー、ご名答！」

アリーは席を立ちアンドリューに近づいて千年の友を得たかのように抱きしめた。

その後、席に戻りマッシュポテトを口に入れ、さらに続けた。

「今は一億総インテリの時代よね」

「僕もそう感じることがしょっちゅうあるよ。手間を掛けずに勉強するって、どういうことだろうって。人が子供が学ぶ喜びって何だろうって。そもそも喜びって……？良い成績を取るってことは、言い換えれば、回り道をしないで要領を覚えなさいってことみたいな……」

ウィリアムは、おばさんから感染され始めたようだ。

「子供まで、とにかく忙しいんだよ」

「抽象や合理性っていうのは手軽な知性のことよ」

おばさんはだんだん過激になってやめそうな気配もない。

「知性って、あんまり良くないもの？」

アンドリューが素朴な質問をした。

「知性そのものが悪いんじゃないのよ。むしろどれだけあってもいいものだわ。ただし、その知性の量を愛情の量が勝っていればね」

かしこまって拝聴している三人は少しほっとした表情を浮かべ笑みをこぼした。

「でもね、それって簡単なことじゃないのよ。誰でも他人から笑われたくないでしょう」

アリーは三人をぐるりと見回したので、子供たちは〝うん〟と小さく頷くしかなかった。

「この思いはね、大人になるにつれて体の隅々まで浸み込んでいくものなの。そして知性と野心の仲介役をせっせとするようになるの」

さすがに三人の顔に閉口して曇った表情を見て取ったアリーは、

「なんだか私も抽象的になってきたわ。あっはっは」

と陽気に笑うと、三人もつられて笑った。

シャーリーに対するアンドリューの態度には、次第に兄が妹を護ろうとするような
ほのぼのとしたものが感じられるようになっていった。

＊

ある日、二人は家から歩いて二、三十分の所にある藪原に野いちごを取りに出かけ
た。その日の午前中は青空が覗いていたものの、昼過ぎから一転して空がにわかに掻
き曇ってきた。遠くで雷が轟き、だんだん近づいてきた。今すぐ帰るのは危険だと本
能的に感じたアンドリューは雷を避け雨宿りできそうな場所を探しに、
「待っていてね！」
と、すぐ引き返すつもりで、その場所を飛び出した。藪を回り込んだ途端にざあっ
と来た。
シャーリーも迷わず彼の後を追って駆け出した。しかし彼がヒョイと跳び下りた目
の前の小さな斜面は彼女には落差が大き過ぎた。彼女は咄嗟《とっさ》に反対側を抜けてアンド
リューが消えた方向に出ようとした。すなわちほんのわずかの間だったが二人は全速

力で互いの反対方向に走ったのだ。

デカルトの言葉にこういうのがある。〝君が森の中で道に迷った場合、行くべき方向を知る手立てを持たないのならば、君は一切方向を変更せずに、ともかく真っ直ぐに道を行くべきだ〟と。もっとも、現実的には余り動き回らず救助を待って体力を温存するのが一番かも知れない。しかし二人は走るに走った。しかもあらゆる方向へ。

アンドリューはすぐ叫ぶことを思いついた。

「シャーリー！　シャーリー！」

彼女も叫べば良かったが、何故かそうはせず、声の方へ夢中で駆けた。転ばないように注意しながら。やがて二人は出くわした。

「ごめん！」

ぜいぜい喘ぎながらアンドリューが言った。シャーリーは泣いてはいなかった。余りに激しく息を切らせていたので泣くことさえ無理だっただろう。二人とも全身ずぶ濡れだった。そうこうしている間に雨が上がり雷の音も全くしなくなった。西の空が赤みを帯びてきた。

「走ったね！」

アンドリューが笑いながら言うと、シャーリーはこっくり頷いていった。

「うん、走った！」

二人は並んで歩きだした。夕日に照らされた二人の姿は金色に輝いていた。

「ほら、あそこ見て」

シャーリーの指差す空の先に大きく綺麗な虹がかかっていた。

しばらく無言で歩いていたが、しばらくしてアンドリューが思い切って訊ねた。

「お父さんは？」

「いるよ」

二人はまた無言のまま歩き続けた。だいぶ経ってからシャーリーがぽつりと言った。

「今、ボストンに住んでる」

緩やかな坂の向こうに、家の白い屋根が見えた。アンドリューは、心の中でそれとなく予感していた、何か巨大で重たい感触を体の内に感じた。少なくとも自分にとって敵ではない何かを。そして二人は、緩やかな下り道をゆっくりと歩いていった。

第三章

尿毒症の症状が出始めてから間もなく、主治医は透析が必要なことを二人に伝えた。二人には既に何となく分かっていたので、驚かなければならない理由はなかった。ただ、生体検査から、ここに到るまでの経過が思いのほか早く、病魔の迫り来る力を改めて思い知らされた。従来通りの東京の医療センターへの月三回の通院に加え、主治医に紹介された透析のための自宅に近い病院への週三回の通院が必要になった。病魔は次第にその網を手繰り寄せながら、誠とジースンの二人をそこまで追い詰めたのである。

アンドリューのことがいかに気懸かりであろうとも、このような状況に到っては、スカイプでの交流もますます余裕の無いものにならざるを得なかった。それとともに、じりじりと頻度も減っていった。

ジースンは躊躇なくこの機会を捉え主治医に単独で面会を申し出てはっきりと自分

の腎臓の生体移植の意思を伝えた。彼女は例によって一歩も引かず主張したので、医師は半ば気圧されて検査を受けることだけは許可した。医療センターでの検査結果は、免疫適合性は合格、それ以外の項目はやや合格から不適格だった。しかしジースンにとって、自分のことは差し置いて移植に最も重要な項目が合格だったことは、大合格以外の何ものでもなかった。

年が明けると、透析の効果のためか、それまで絶えず匍匐《ほふく》前進してきた病魔は、一旦その歩みを止め後戻りする気配さえ示した。しかし週三回、一回四～五時間の人工透析による苦痛は決して小さいものではなかった。医師は、

「精神的、身体的に負担が大きいのはよく分かりますが手を緩めてはいけません」

と励まし諭した。

我々素人は、どうしても微かな光明にすがり、得がたい奇跡を希うものだ。それに対し医者は、一切の予断を許さず全ての楽観を抑え事に当たる。それは、自分の目で無数の症例を見守り見届けた結果、奇跡的快復といえる例がいかに少数であるかを、身をもって学ぶからなのではないだろうか。

もしかすると二人は心の片隅で微かな希望を握り締めていたかも知れない。しかし

徒《いたずら》な望みに頼ることなど夢にもしてはならないと幾度も呟き、自分に言い聞かせながら淡い望みを捨てきれずにいた。

春も終わりになると、あらゆる善い兆しは影を潜め、七月に入るとかの匍匐前進が再び始まった。ジースンは移植を申し出る機会を窺った。


ちょうどそんな時だった。医療センターの泌尿器科に一人の女性医師が赴任してきた。彼女は、主だった患者のカルテに目を通し、その中に『中島　誠』の名を見た。そしてしばらく眼を凝らし隅々まで記載内容を確認した。

精密な検査が必要になり、たった二日だったが入院が必要になった。そのとき誠は彼女と顔を合わせることになった。いつものように書類にサインし、担当医師名の欄に眼をやった。見慣れぬ名前だった。〝向原《むかいばら》　真理〟。誠は一瞬、〝えっ、まさか！〟と半信半疑の境でうろたえた。

やはり紛れも無く向原真理だった。誠の高校時代の親しい友人で、当時、誠は真理にそれとなく惹かれていて〝真理〟と名で呼べるくらいには親しい関係だった。真理は〝誠〟とは呼ばず〝中島くん〟だった。一緒に映画を観に行ったとき、混んだ中で彼女は目ざとく空席を一つ見つけ〝座るよ〟と言ってさっさと一人で座った。誠は仕方なく近くの立ち席で、彼女が楽しそうにけらけらと笑う様子をスクリーンと交互に満ち足りた気分で眺めていた。そんな思い出もチラホラあった。真理は目指していた医者になるべく邁進していった。

「そう言えば、そんなこともありましたね」

真理は微笑みながら言った。

「いや〜、本当に驚きました」

誠は一瞬、患者と医師という立場を忘れ感慨に浸った。そんな場合ではなかったのに。

「クレアチニンの数値が上がってきていますね」

彼女はあくまで医師らしく、昔の懐かしい級友にむかってもごく平静に言った。

「病態は決して良いとは言えませんが、管理節制は行き届いていると思います。何とかこの状態で抑えられているのもそのお陰でしょうね」

真理は誠の目を見ながら労い、誠も笑みをもって答えた。

翌日、面会に来たジースンに誠は真理を紹介した。ジースンは一目見て彼女に好印象を持った。彼女の特徴は際立っていた。相手の目にしっかりと焦点を合わせ言葉とともに何か大切なものを発信していた。不安や苦痛に耐えている患者はもとより、その家族をも力強く支える何かであった。ジースンもまた愛する者たちとの離別や友人や隣人の死や病を通じ、人間の持つ内なる力とでも言うべきものを直感的に見て取る力を身に付けていたのだった。

このときジースンは、〝いろいろな面で力になってもらえるかも〟と心の中で思った。生体腎移植の実行についても、〝大きな力になってくれるのでは〟と。

*

誠の病態の進行が弱まり、ほぼ停止していた年の初めから春にかけて、アンドリューは彼にとって最も暗く息苦しい日々を送っていた。母親に対する失恋などということが、果たしてあり得るのだろうか？　自らの雄雄しさというものに対して、一度も疑問を持たずに生涯を送ってきた男がいるとすれば、その男は言うだろう。〝女々しい奴、男の風上にも置けない奴〟と。しかしもしそうであるなら、この世に男と呼べる種族は絶滅に瀕することになるだろう。鬱々として楽しまず、愛しい母の顔を見られないと言って嘆き、かといって目の前にすれば素直になれず息も絶え絶えになる。これが世に言う失恋の症状でなくて、いったい何と言うべきか。訝《いぶか》ったり怪しんだりするには及ばない。行くべき一本道を川が遮っているなら、たとえ全身ビショ濡れになろうと渡るしかないでは無いか。疾病にも必然的な症状の流れを押しとどめず、むしろ促すことで快復を図るという治療法も存在するくらいだから。二日酔いなら咽喉に指を入れて嘔吐を促す。熱や汗もまた然りである。便は肛門を通過しなければ出られない。通過して汚れれば拭けばいい。汚れるから通過してはならないなんて誰が言えるか。

しかし、どんな具合に通過できるものかは運と度量次第と言えるかも知れない。冬の間にアンドリューは小学校でアリーおばさんと二度会った。初対面の時には夫も一緒だった。この人物との出会いがアンドリューに及ぼした影響は決して少なくなかったと思われる。ウィリアムが何かを期待し、あるいは見越して、一連のお膳立てをしたのかどうかは分からない。いずれにせよアンドリューは、それ以降、心身の活気を徐々に取り戻していったのだった。

ロセッティ親子との触合いは、表立って何をどう変化させたというものではなかったが、アンドリューの精神の奥深いところでは実に大きな作用を及ぼしつつあった。それは、ゆっくりとした植物の成長のように、目立ちはしないものの確実に根を張っていった。アンドリュー本人は自分がぐんぐん成長していることに全く気付いてはいなかった。彼はシャーリーと虹を見ながら帰ったすぐ後、自分でも驚くほど自然な気持ちで、ジースンにこの二人の新たな客人のことを話した。こんな風に、何の蟠《わだかま》りもなく母親と話せたのは、実に一年振りだった。ジースンが、この新たな出会いをどんなに嬉しく思ったかは想像に難くないだろう。愛する息子に対し、喜びは表情にも表れたが、心の中では震えるような嬉し涙に暮れていた。アンドリューのため、ウィリアムのため、そして自分のために。ジースンが臓器提供を密かに決断したのは、ちょうどその頃だった。

*

その日、アンドリューとシャーリーは天気予報を確認し近場へ遊びにでた。暑い日

だったので、二人とも帽子を被った。家を出るとき、アリーに、

「サングラスを貸してあげようか？」

と声を掛けられ、二人は掛けてみた。アリーをそれを見て、

「あら二人とも似合うじゃない」

と褒めたが、アンドリューとシャーリーは素直に受け取れない顔つきだった。それで二人は自分たちの目で確かめようと、わざわざ姿鏡の所へ行って前から横から斜めからポーズをとっては映し、その姿に二人とも笑い転げた。


「ねぇ、蛍って見たことある？」

アンドリューが小さな笹藪の陰から訊いた。

「あるよ。こうやってゆらゆら飛ぶよ」

シャーリーは、人差し指を空中でゆらゆら揺らせた。

「お尻が光るんだよね、ポーッ、ポーッ、て」

「じゃーね。えーっと……」

アンドリューは、彼女の知らない虫を言いたかった。

「Higurashi！（ヒグラシ）知っている？」

「Hiurashi……（ヒウラシ）」

シャーリーは舌足らずの鸚鵡《おうむ》返しのように答えた。

「蝉の一種さ。高い木の上で『キキキキキ……』って変てこな甲高い声で鳴くんだ」

アンドリューは鳴き声の真似を熱演したが、

「そっくり」

とは言えなかった。シャーリーは知らないのに多分さぞ似ているんだろうとは思った。

「絶対に捕まえられないし、姿を見ることも出来ないんだ。高いところにしかいないから。声だけするんだ。すごく高いところから」

シャーリーは素敵だなと思った。

その時だった。突然アンドリューの頭の中に、ある夏の日の思い出が稲妻のように閃き蘇った。アンドリューが日本に滞在中にジースンの体の具合が悪くなって病院に行っていた間、彼は〝その先生〟と一日一緒に過ごした。〝先生〟はアンドリューの機嫌を取るでもなく、そうかといって素っ気なくするわけでもなかった。方々を一緒にぶらぶら歩きながら、いろいろな話をしてくれた。リンゴとオレンジの話を聞いて、その晩ベッドの中で、〝無限の哀愁〟とでも言うべき、なんとも不思議な、ある種トランス状態に陥ったことをありありと思い出した。先生はこう話してくれた。

「この世に存在するリンゴの数は途轍もなく沢山あるけど、一個、二個、三個……と数えていけば原理的にはいつかは数え切れるね。ではもしリンゴが無限にあったらその数を数え切れるだろうか？　カントールという数学者が無限でも数えられると言い出した。それはこういうことだ。今、無限のリンゴと無限のオレンジがあったとしよう。それぞれの数を数えても、無限にあるからいつまでも終わらない、すなわち数え切れない。ということはリンゴもオレンジもその数は無限だから〝何個ある〟とは言えないことになるよね。でも、リンゴとオレンジを互いに一個ずつ対応させることは出来るよね。これは、出来る方法または対応のさせ方があれば同じ数と見做してよいと彼は考えた。これだけだと余り面白くなさそうだけど、彼は一個ずつ対応させることが原理的に出来ないものもあることに気付いたんだよ。すなわち無限にも〝大小〟があると分かったんだ。でもそれを数と呼ぶのは躊躇《ため》われて、濃さ、すなわち〝濃度〟と呼んだんだ。じゃー、無限にあるリンゴの濃度より大きな濃度っていったい何かってたい何かって思うよね。でも本当にあるんだよ。そしてそれよりもっと大きい、それよりもっと大きい、……ものが無限にあるんだけど。今のアンドリューには少し難しくなってきたから、もっと大きくなったら説明するね」

先生の話を思い出し心の中で反芻し続けた。不思議だ、よく分からないと思っているうちに眠ってしまったらしい。そしてその不思議な話を聞いていると遠くでヒグラシが鳴いていた。〝先生〟は感慨深げに言った。

「ふうん、こんな東京の真ん中にもヒグラシがいるんだ」

そしてヒグラシの話をしてくれた。

ヒグラシの鳴き声は、アンドリューの耳に心に沁みた。一度聞いただけのその響きは、彼の奥底に焼き付いていた。母の方が心配だったはずが、そちらの方は記憶からすっぽり抜け落ちていた。

その答えは〝先生〟にあるに違いなかった。なぜ〝先生〟の姿が、これほど鮮やかに思い浮かんだのかは分からなかった。突然シャーリーの、

「どしたの?」

と言う声に、われに返ったアンドリューは、

「ごめん、ごめん」

と頭を掻いた。

「あたしもできるかな、蝉の鳴き真似」

「やってみて」

「ミーン、ミーン、ミーン」

彼女は鼻を摘みながら鳴いてみせた。あんまり上手かったので、二人は折り重なって笑い転げた。

＊

その晩、皆でビーフシチューを作った。家で一緒に食事する時はアリーが惣菜を買ってくることが殆どだったが、たまには男も子供も加えてというわけだった。ウィリアムが大鍋を火にかけると、子供たちは冷蔵庫から野菜を取り出し流しに置いていった。突然、不意にゴロゴロと音がした。

「あらっ、雷？」

アリーとアンドリューが窓の外を覗き込んだ。外は夕焼けに染まっていた。〝そんな馬鹿な〟と眼をやると、流しの玉葱がステンレスの上を転がる音だった。二人は顔を見合わせて吹きだした。

アンドリューとシャーリーが並んで野菜を洗っていた。小さな手で大きなジャガイモや玉葱をごしごし洗う様は可愛かった。玉葱の皮を剥き始めたものの悪戦苦闘していた。

「こうやって……こう」

ウィリアムがやってきて模範を見せた。

「上手ね」

アリーが褒めた。彼女は包丁を手にしまな板上の野菜に挑戦した。皆の目がアリーの手元に注がれた。彼女は大きな瞳を見開いて、

「さあ、行くわよ」

と皆に向かって掛け声をかけた。玉葱やジャガイモをザク切りするのに、行くわよもヘチマもないが、注目されている以上は仕方ない。にんじんを切っているとアンド

リューが気を利かせたつもりで蔕《へた》の部分を取り除こうと手を出しかけた。

「手を出すな！」

ウィリアムが叫ぶように言った。

「そうよおー？」

アリーがにっこりしながら裏声で言った。

「怖い話があるのよ、日本のお話だけど。ねえ、聴きたい？」

玉葱をザクザク切りながらアリーは勿体ぶって言った。

「うん、聴きたい」

「お母さんがね。このようにザクザクやっているの。子供はお母さんが大好きで、いつもお母さんの側を離れない。その日も、相手をしてもらいたくて、ひょっと手を出したのね。まな板の上に。で、〝あっ〟と言う間もなく包丁でその子の親指を切り落としてしまったの」

子供たちは、一緒に〝えっ！〟と声を上げた。

「お母さんは姑さんにさんざん責め苛《さいな》まれて、姑さんに家を追い出され子供も奪われたって話よ」

子供たちは顔を見合わせ、驚きとも恐怖とも言えない表情を浮かべた。

「怖い話だね」

ウィリアムは笑いながら言った。

ウィリアムは、若い頃、自宅でトレーニング中に子猫の頭を踏んづけた話をした。

「すごく速く足踏みをしていたら、じゃれつき盛りの子猫がその動いている足に飛び掛り、床と足の裏の間に頭を挟まれて、ギャッと声を発するなり猛烈な勢いですっ飛んでいったよ」

「それで子猫はどうなったの？」

「それがさ。つま先だけで回転していたから良かったんだ。踵まで床につけていたら、子猫の頭は潰れていたな」

「えー」

シャーリーは小さく三度目の叫び声を挙げた。

「凄く懐いていた子猫だったけど、そんなことがあった後、数週間は走り寄ってきては〝ハッ〟と思い出したように後ずさりしていたよ」

アリーが話を引き取って、

「混乱するのよね、一瞬。この足の持ち主は敵か見方か安全か剣呑か、って」
アリーがこう言った時、アンドリューは咄嗟に思った。〝子猫は分かっていた筈だ。自分が馬鹿なことをして事故に巻き込まれたことを。ちゃんと分かっていたに違いない〟と。

「クリスティナ・ロセッティの詩に、こういうのがあるの」
食後の果物デザートを食べながらアリー・ロセッティが言った。

If all were rain and never sun,　もし雨の日ばかりだったら、
No bow could span the hill;　丘に虹は出ません。
If all were sun and never rain,　もし晴れの日ばかりだったら、
There'd be no rainbow still.　やっぱり虹は出ません。

「いい詩だね」
ウィリアムがにっこり笑った。子供たちも微笑んでいる。

「この詩人、体が弱くてね。とても長くは生きられないって皆に思われていたの。自分でもすっかり諦めていて。生涯独身を通し、失恋もしたけど詩を沢山書いて童話も書いたわ。でもね、頑張って生き抜いたのよ。六十四まで」

シャーリーの目がキラキラ輝いている。

「イギリスの人よ。アメリカのティーステデールやフランスのヴァルモールも素敵だな。私は近代以降では女流詩人が好き。女性は生活から拾うより他に方法がないのよね、きっと。むしろそれがいいんじゃないかな。切実だし小難しくないし」

皆は、理解しているかどうかは別として、それぞれの思いに耽っているようだった。

「もし悲しいことばかりだったら、私は泣きません。もし嬉しいことばかりだったら、私はやっぱり泣きません」

突然シャーリーが言った。

「ああ、本当だ」

ウィリアムが微笑みながら相槌を打った。アリーが、

「そうね……じゃあこんなのはどう？　恋の成就ばかりでも、人は恋を知ることは出来ません。片思いばかりでも、人は恋を知ることは出来ません」

と言うとウィリアムがすかさず続いた。

「勉強しなければ、人は成長することが出来ません。勉強ばかりしていても、人は成長できません」

「さすが学校の教師だわ」

アリーがからかい半分に言うと、すかさずアンドリューが返した。

「褒められてばかりでも、子供は勉強しません。貶《けな》されてばかりでも、子供は勉強しません」

「何だ。それじゃ、どちらにしても勉強しないつもりか？」

皆、どっと笑いに包まれた。


その夜、アンドリューはベッドの中でずっと考えていた。母の側に決して近づこうとしなかった息子は姑の掌中に抱え込まれたのだと。悪魔の囁きにしたのだと。頭を踏まれた子猫にも劣るのだと。この、ジースンの誇らしい息子は、成熟のための最後の脱皮の準備を終えるべく辛い長い試練を目前に迎えようとしていた。

第四章

中休みを入れてじっと様子を窺っていた病魔は、夏を迎えるとその魔の網を手繰り寄せ始めた。尿素窒素の値に明らかな変化が見られ誠の体力も目だって落ちてきた。透析の回数も週三回から保険診療の上限を超えて月十数回にまで増やされた。ジースンは躊躇せず向原先生に単独面会を申し出た。彼女は二年前すでに〝中央突破〟の意思を固めていた。思い立ったら彼女の行動は迅速そのものだった。〝もし何かの時〟に対する準備を、何についても常にしておく性分だったから。この期に及んでは彼女には微塵の躊躇もなかった。

「昨年秋に幸地《こうち》先生に検査して頂いた時から、献体腎移植は私の選択肢にはありません」

きっぱりとした調子でジースンは言った。向き合って座っている向原先生は、黙って静かに聞いていていた。

「生存率……、正着率というのでしょうか、どう考えてみても……」

「分かりました」

医師はしっかりとジースンの目を見ながら、

「検査結果に目を通しておきましょう」

詳しく検討してくれることを約束した。

ジースンが、向原先生に打診をしたのは、彼女の判定を待ち許可を得ることではなかった。そんなことは彼女の権限外だった。もとより構わなかった。なぜならジースンの腹はとうに決まっていて彼女が欲したのは向原先生の素直な言葉だった。たとえそれが主治医の所見と変わらなかったとしても。人は最も大切な事柄については最も信頼できる相手に伝えよう、伝えたいと思うものだ。味方につけるなどということがとても出来ない相談であることくらい、分かりすぎるほどよく分かっていた。

数日後、向原先生から連絡があり面会に訪れたジースンに、

「奥様にとって二度目の大手術を行うとなると、どれくらい体力が消耗されるか、実際やってみないと分からないというのが本当のところです。残された腎臓に少しでも損傷が隠れていた場合、術後の生活で負担がかかれば腎臓は悲鳴を上げるでしょう」

すでに主治医が下した所見と同じだった。

向原医師は静かな調子で優しく言い含めるように続けた。

「無理のない生活と十分な休養が必要になります」

ジースンは顔を上げゆっくりと頷いた。

「手術が成功したとしても、元のような健康体に戻れるとは限りませんよ」

医師は諭すように付け加えた。

「はい、分かっています」

一呼吸おいて医師はきっぱりと言った。

「私はお勧めできません」

ジースンは、終始落ち着いた態度で向き合ってくれた向原先生に感謝をこめて一礼しその場を辞した。

その日からジースンは密かに体力づくりを開始した。活動することが全てだった。彼女にとって生きるということは速やかに行動するのと同義だった。こちらからこちらへ跳び、こちらからあちらへ渡り、何かを計画し、準備し、遂行するということだった。誠への腎提供は一本道の決定事だったので告知と決行は支度さえ整えばいつでもよかった。

彼女は、世界をいつもこうして捉えていた。彼女を怯ませるものなど何もなかった……たった一つを除いて。そのたった一つに思いが及んだ時、ジースンの心は木の葉のように震えた。

どうしても流さざるを得ない血の涙がある。二人の心の中に。彼女はそれを自分自身に告げなければならなかった。説き、復唱し、念を押し、そして覚悟した。いつごろからだっただろう。何度も何度も同じ情景が頭の中で繰り返された。空想の中でアンドリューは、時に母親を詰り、時に押し黙ったまま返事もせず、時に矢のように詰問を浴びせた。おおらかに母親の話を聞いてくれるアンドリューはついぞ現れなかった。ジースンはそれでよいと思った。愛するアンドリューは他の誰よりも立派にこの試練を乗り越えてくれることを、ジースンは信じて疑わなかった。

＊

アンドリューがその報告を受けたのは新学期が始まって間もない頃だった。

「看病って？　おばあちゃんの？」

息子は努めて普通に聞いた。

「おばあちゃんは韓国よ。まあ元気といえば元気ね」

母も努めて普通に答えた。

「……では誰の看病？」

「そうね、アンディーは知らないと思う」

電話から伝わる無言の間が母の心を疼かせた。

「腎臓って分かるでしょう。その病気の人がいてかなり悪いの」

また間があった。

「ふーん」

小さな声の返事が聞き取れた。もう息子は分かっているのだった。それが親類や女性ではないことが。子供と大人では認識の方法や把握の手段が異なっている。対象は同じでも大人は状況証拠から推測するが子供は本能的直感で迫る。親類でも女性でもないとすれば、〝そういった親しい男〟でもない、などということがあり得るだろうか？　息子が見透かしていることを母親が見抜けないなどということがあり得ようか？　お互いがすでに承知し合っている時に下手な辛い芝居を続けることに何の意味があるのだろう。しかし二人は芝居を止めることが出来なかった。母の意志が弱かったのか息子の意志が弱かったのか、いやどちらも違う。息子はこう言うべきだったのか。

「お母さん長い間さぞ辛かったでしょう、僕分かっています。僕はこっちで頑張っているから、お母さんは安心してそちらの仕事に専念して下さい」

哀しく生まれついているのは彼だけでなく人間すべてだ。人間の出自が哀しいのは、人間のせいではない。それはそれでよしとしなければならない。美しいということは哀しいということだ。ジースンは、看病する相手が再婚した夫であることも、彼のために自分の腎臓を提供するつもりであることも、話すつもりだった。しかし刻々と過ぎていく数分間、切り出す機会を逃がし続けた。母親はこう言うべきであったのか？

「病人はね、実は私の今の夫なの。今まで隠していてごめんね。寂しい思いをさせて、許してね。私の腎臓を彼に移植して二人とも元気になるつもりだから、心配しないで」

そんなこと、言えなかった。あれほど堅く決心していたのに！　母はこれから連絡が難しくなることを告げた。

「分かった……」

長い沈黙があった。母はついに気持ちを奮い立たせることが出来なかった。愛する息子の気配と息遣いに耳を凝らしながら張り裂けそうな胸の震えを押し殺していた。彼女の勇気はすっかり挫けてしまった。こんな筈ではなかった。

「あのね……」

と言いかけた途端に電話が切れた。母はその場に崩れ落ち、声を上げて泣いた。


腎臓移植の意思が周囲に明かされたのは、秋も半ばを過ぎた頃だった。まるで何かの呪縛にかかったように、シアトルへ伝える決心だけはどうしても付かなかった。ソウルへは電話で伝えられた。皆は賛成も反対も出来ないという微妙な立場に立たされた。その中でただ一人、当の誠だけが〝反対〟の明快で強固な意志を示したが、ジースンは眉をピクリとも動かさずに言った。

「もう決めたことよ」

彼女が〝どうしても〟と心に念じたからには、もう誰も、当事者たる誠さえその決定を覆すことは出来ない相談だった。ジースンにとって、相手の意向は考慮の外にあった。反対や障碍や困難はまるで蛇に睨まれた蛙だった。いずれ必ず飲み込まれるのだった。この蛇は美しい善意の蛇だった。テホは何も言えなかった。一体、何が言えただろう。

「私に何かの時には故郷と日本の間に立っていろいろ頼むわね」

「冗談じゃないですよ。そんなこと、請け合えません」

「そう……じゃあいいわ」

小声で冷ややかに突き放すと、

「……分かりました」

たちどころに陥落された。〝愛の脅迫者〟とでも呼ぶ外ない彼女の生き方は、彼女が人生から学んだ〝独創〟だった。彼女には嘘も二枚舌も手管もなかった。そんな彼女に人はどうやって抵抗できるというのか、出来るわけがないではないか。

誠の母の恵美子と娘の由美は国際電話で初めて話した。

「有難いことだね」

「ねえ、お婆ちゃん。まだ決まったわけじゃないのよ」

「ああ、それはそうよ。だけどね、申し出だけでも本当にね。ジースンさんはすごく大変な手術をね……」

「そうよね。お父さんは断っているんだから」

「そうね」

「私はお父さんに移殖申請を登録するよう薦めているのよ」

「だってお前、それって亡くなった人のなんだろう……ねえ？」

「だから何？」

「死んだ人の腎臓は生きが悪いって……」

「お婆ちゃん？　ねえお婆ちゃん、あのね」

「分かってる、分かってるって。贅沢を言っちゃいけないね。ほんとだ」

「希望はあるんだから、移植の」

「登録しなきゃ。でもねえ、せっかくジースンさんがああ言ってくれ……」

ジースンの代わりにソウルに飛んだテホは叔母の意向を家族に改めて伝えた。

「どうしてジースンはいつも……」

姉のミジョンが半ば呆れて言った。

「あいつの生き方だ。どうにもならない」

少し腹立たしそうに兄のジーミンが続けた。軽やかな足音が近づいてきたと思うや、扉が開いた。

「お婆ちゃんが帰ってきたよ！」

スアがそう言い残すとまたパタパタと素早く出て行った。親族会議に臨んだ三人はやれやれと居住まいを正した。今度は少し重たい足取りが聞こえた。

「食事どうします？」

ヒヤが顔をだして訊ねた。

「ああ。いいよ」

ジーミンが答えた。

「いいって？」

ヒヤが聞き返す。

「後で出前でも取ろう」

パタパタが聞こえてスアが言った。

「来たよ」

何か擦《こす》るような音が近づいて来た。スアが逃げ遅れた。ヒヤと入れ違いにキョンエが幽霊のようにヌーッと部屋に入ってきた。静まり返った異様な空気の中、キョンエが訝しげに皆の顔を眺めながらゆっくりと席についた。ジーミンが咳払いを一つした。いつもより半オクターブ高かったので、スアがクスッと笑った。ミジョンがジロッと姪を見た。沈黙が来た。キョンエは相変わらずゆっくりと一同の顔を順に眺めていた。

「いやあ、みんな変わりなくてよかったね」

テホが変な調子で場違いなことを言った。ジーミンは天井を見上げた。スアがミジョンを見た。テホはスアを見、ミジョンがジーミンを見、ジーミンがゆっくり顔を戻して正面のテホを見た。

「お前たち、一体何をやっているんだい！」

キョンエが低い声で唸るように言った。

＊

兄のジーミンと姉のミジョンは几帳面な性格で、いつも大勢に従い、何事に対しても良識的な範囲を超えるとなく行動するタイプだった。勉強も良くでき親にも世のしきたりにも逆らうということがなかった。ジースンとジーニョンの二人は逆だった。というより生きる興味や喜びが、兄姉とは別の場所で芽生え別の場所から出発しているような所があった。こういった性情は〝なぜ〟と問われても答えることが難しい。生来のものである以上、本人にもどうしようにもないからだ。母のキョンエは四人の子供を愛していた。いかなる理由があろうと親が子の分け隔てなどするだろうか。長男と長女はある種の責任を負っているので、親の期待値の違いがある種の愛情の趣の違いを生むということはあるかも知れない。そしてこの〝なぜ〟を発することがある。子供にとってこの〝なぜ〟を問われるくらい遣る瀬無く辛いものはない。早くに夫を失い生活の苦労に心を砕かなければならなかったキョンエも、ご多分に漏れずこの問いを発した。ジースンは明るい活発な子供だった。そしてしばしば母に〝なぜ〟

を投げかけられる生活の中で、正直で素朴なジースンの優しさが歪んでしまうような脆弱な魂の持ち主でもなかった。彼女は逞しかった。彼女ほど心の陰湿さ険悪さから遠く隔たった人間もまたいなかった。彼女の死後、皆が異口同音に指摘したのはこの点だった。母キョンエはある時フッと漏らしたことがあった。

「あの子はそういう子だったよ、昔からね」

人の性情は生まれながらのものだが、その後の様々な体験や経験の中で、それが弱まったりより強くなったりすることもあるだろう。ジースンの中で弟を守ろうとする気持ちが芽生えたのは、いつの頃だったのだろう。二人の間には共通点が多かった。それが、生来のものに加えて引力をより強めたと思われる。彼女は自らの心の疑問や反発を、弟への愛情に変えることで、彼女の危うい青春時代を乗り切ったのではないか。自分を庇う代わりに弟を庇ったのではないか。

ずっと後になって、ミジョンはすでにこの世にいない二人の姉弟とのささやかな、というより、ほんの些細な一場の思い出を辛い気持ちで思い出した。チュンチョンの叔父さんが遊びに来ていた。キョンエが食事の支度をしている間、ジーミンを除く三人が、この話好きな叔父さんを囲んでいた。

スキーや夏山の噂を、ジースンとジーニョンに聞いた後、

「本は好きか？」

とジースンに訊ねた。ジースンは顔を綻ばせながら、

「弟が好きです」

と答えた。最近何を読んだかと聞かれ、中学生だったジーニョンが、

「『星の王子様』」

と返事をすると、叔父さんは生き生きと作者の話を始めた。飛行機を愛していたこと、神を強く望んでいたこと、童話の世界を信じていたこと、そして小説は全て飛行士としての実体験から生まれたものであること、などを。それらの中の一つに、雲の上の星と月の世界を描写したものがあった。飛行機の遭難を描いたものだった。

「私も読みました」

ジースンが小声で言うと、叔父さんは目を輝かせて何か言った。その時だった。ミジョンが尖った調子で口を挟んだ。

「違うでしょうジースン。叔父様は『星の王子様』の話をしているんじゃないのよ」

そう言って梶棒を取ると、大学生だったミジョンは賢《さか》しらに意見を述べ始めた。

ジースンがサン＝テグジュペリを好んで読んでいたことを弟はよく知っていた。ミジョンの言葉の切れ目を待って、弟が言った。

「ジースン姉さんが読んだのは『夜間飛行』です」

嵐に見舞われた郵便機が止むを得ず雲の上に出ると、無風無音の別世界が拓ける。月の光に燦然と照らされた一面雲の絨毯は、眩いばかりの青白い輝きを放っている。飛行士は神秘的な感動に襲われる。しかし燃料が足りない。〝雲の下へ降下する〟との無線連絡を残して、飛行機は消息を絶つ。

ミジョンは知っていた。自分が妹に対して持っていた優越感を。優越感とは、持っていて嬉しいものだろうか？　本当に嬉しいなら妹にはそれがないことを思う時、なぜ自分の方が負けたような、いっこうに嬉しくないような気分になったのだろう？

「どうしてはっきりと叔父さんに言わなかったのか？」

と弟に問われた時、姉はただ、

「ううん、いいのよ。別に」

と言うだけだった。万事がこんな調子だった。ジースンには〝人生の栄光〟を放棄しているような所があった。〝私はいいから貴方は頑張れ、頑張って欲しい〟と。

＊

ジースンは腎移植の意思を明らかにした。シアトルにだけは秘密にされたが、引き換えに息子は、大人の言葉で言えば〝母に男がいる〟ことを知った。それは想像であると同時に実感だった。しかし、それはすでに知っていた、分かっていたことではないだろうか？　息子は大通りの向こうに母と男を見たと思おうとした。そして今回は大通りを連れだって歩く母と男を見たのであった。心の中では殆ど分かっていたこと、しかしそれを無意識に閉じ込めようとしていたことが実際に起こった時の衝撃ほど激烈なものはないのではないだろうか？　コンプレックスのアキレス腱は〝秘密〟だ。これがないなら、浮気も裏切りも何ほどのものか。世界の殺人も戦争も半減するだろう。自分にとって、大切な人が知っていることを、自分は知らない。皆が知らされていることを、自分だけは知らされていない。何故このことがそれほどの苦痛になるのか。はっきり言えることは、どうでも良いと思っている人や物事に関する秘密は二束三文の価値もないということだ。アンドリューを苦しめたものとは何か。そこに秘密があったということではなかったか。母がそれを秘密にしたのは、母がそれを極めて大切なことと考えていたからではないのか。どうでも良いことなら、秘密にする理由がない。アンドリューの心臓を耐えがたく疼かせたのは、まさにこの点ではなかったか。アリーおばさんは、こそこそ隠し立てなどしない。現在、親しくスカイプやメールのやり取りなどをしている相手はアンドリューだけだと言った母の言葉も信用できなかった。しかし、仮にウィリアム共々に騙されていることが分かったところで、彼の憤懣《ふんまん》は収まらなかっただろう。

同じことだったに違いない。父は知っていて黙っていたのか。アリーおばさんも。もしかするとシャーリーさえも。すると、今度は突然、母は静かに身を引くために嘘を言っているのではないか、という疑念が心に浮かんだ。日に焼けたおばさんの顔が、次に溌剌とした全身が思い浮かんだ。その傍らでシャーリーが、〝ハーイ〟と手を挙げて笑っていた。父も笑っていた。突然ヒグラシが鳴いた。〝先生〟が立っていた。〝リンゴ〟も〝オレンジ〟も無限にあったら、どちらが多いか数えられるかな？胸が落ち着いた声が聞こえた。逆光で顔はよく見えなかったが、その横に母がいた。美しく盛り上がっていた。ヒグラシの声が遠くからそよ風に乗って切れ切れに聞こえていた。アンドリューは明確な思考も判断も伴わず緩やかに回転する心の中で、リンゴとオレンジが一個ずつ無限に並べられて行った。どこまでも、どこまでも、……。周りは全てが静寂に包まれ凪いだ海のように穏やかだった。しかしアンドリューの心だけは激しく波打っていた。

第五章

ジースンから話を聞かされて以来、この愛すべき息子の安定した心の平衡は、再び大きく揺れ動いた。母親は取り返しのつかない大きな誤りを起こしてしまったのか？この母親は、一体全体どうすべきだったというのだろう。初めて家を出る時、息子がまだ概念認識のとば口の遥か手前にいるうちに、彼の混沌とした心の中に〝離婚〟なる言葉をシャッフルしてうやむやにしておけば良かったのだろうか？　それとも二年前のクリスマスの時、ウィリアムに伝えた折に一緒に息子にも再婚と看病の話を打ち明けておけば良かったのだろうか？　あるいは最後まですべてを隠し通して、何一つ知らせないまま手術を行い、その後のことは、当分綱渡りのように凌ぎながら、運を天に任せておけば良かったのだろうか？

唯一つ確実に言えることは一人の人間が運命の茨の細道を無傷で通りおおせることなど絶対に不可能だということだ。負うべき傷痕が朱色なのか薄桃色なのか紅色なのか、また大きさと形の違いがあるだけだ。学者は、どれが良いの、どれが悪いのと客観的分析をするかも知れない。傷を負わせること自体、誤りだと主張する者もいるだろう。しかし、奇術でも使わない限り、少年時代さらに青年時代を全くの無傷で通過することが可能などとは言えないだろう。そもそも人の心の成長過程で取り返しの付かない問題など果たして存在するのだろうか？　そんなことを説いている古《いにしえ》の聖人はいるだろうか？

負った傷が何よりもその者を成長させる場合もあるのではないだろうか？　ある意味、人は青春の蹉跌を糧として本当の大人へと脱皮する存在ではないだろうか？

それほど愛していない者が、愛している者に関して何か言う。愛していれば間違いも犯す。無意味とは、惚れ惚れして我を忘れる自分を戒めることではないのか、仕事においても愛においても。人はしばしば〝人類を代表して〟、〝万人を代弁して〟、ものを言う。そんなことが果たして出来るものだろうか。それぞれが自分の命を燃やせる場所を見付ける。一番作りたいと思うラーメン作りに没頭する。それ以外に何があるというのか。愛情を通じて心と心が呼応し合う。いずれも核となるのは、全く個人的な事柄ではないのか。愛について他人を納得させることが難しいのは正にこの点にあるのではないか。客観を口にする者は、いつも他人を説得させたがっている。自分は正しいと言わなくても、そう言って生きていることになる。しかし何かを愛するのに正しいも正しくないもある筈がない。その人が夢中になっているものに、別の人が〝それは違う〟と言えるだろうか。

全て、肝心なことはたちどころに伝わる。実は問題は何ら紛糾していない。伝わっている筈だから。愛も。この世で一番大切なもの、そんなものがあるとすれば、それは資質や努力によって初めて感取できるという類のものではない。生まれながらに感取するものだ、大人であろうと子供であろうと。

アンドリューはすでに脱皮の準備を終えていた。そして飛翔のための最後の試練が課せられた。この親子は二人とも全く気付かなかったが啐啄《そったく》の只中にあった。しかし次のカードを切るのは母親ではなく息子の方だった。アンドリューの中で無数の菌が繁殖し無数の根が伸びて行った。画竜点睛には何かが必要だった。それが何か言うことが出来ない。敢えて言うなら、彼を取り巻くもの全てだと言うしかなかった。

何かの偶然か必然によって、その何かの焦点がピタリと合うだけだった。試合後にある監督が〝負けた時には負けた理由がある〟、しかし〝勝った時にはなぜ勝ったのか分からないことがある。不思議だ〟と言った。彼はこの〝何か〟を言っているのではないか。平たく言えば奇跡のこと。大げさな話だろうか？　奇跡とは、希少なことではない。得難く、かつしばしば起こったとて何ら差し支えない。それを当事者が気に掛けていず、そして最も肝心なものがそこにある時と解釈しても構わない。では最も肝心なものとは何か。そんなにも容易く、そんなにも得難く、誰もがゆめゆめ疑って見もせぬもの、他人のそれを獲得しようと努力するが自分のそれを獲得しようなどとは決して思わないもの。

アンドリューがそれを持っているかどうかだけが問題ならば、偶然か必然かは別にして、彼はその場所を通らなければならない以上、彼はそこを通りそして何かが起こるだろう。何が起ころうと構わない。問題は持っているかどうか、だけなのだから。

こうして全ての人間が何かと対峙する。彼も例外ではなかった。

母からあの話を聞かされた日から数日間、アンドリューは自宅で父を相手に自ら言葉を発することは殆どなかった。ウィリアムは父親として察しがついていた。だが、無理に何かを喋らそうとしたり、何かを問い質したりするなどという愚かな真似はしなかった。彼が小学校の教師だったことは幸いだった。子供を心から愛していたことは、なお幸いだった。

＊

あの日から五日目の夕方、約一月振りにロセッティ親子が遊びに来た。息子のことを慮ったウィリアムが二人を呼んだのかどうかは分からない。時計を見ていたシャーリーが突然二階に上がり窓からスクールバスが来るのを見ていた。やがて黄色のバスが家の前に止まりアンドリューが降りてきた。それを確かめたシャーリーは急いで下に下りた。

学校から戻ったアンドリューは、二人に挨拶するとすぐ自室へ引っ込んでしまった。

「本当に出来る人は人前に出たいってワイワイ言わないわ。だってそうでしょう。自分のやりたいことが分かっていて、自分のなすべきことを承知しているなら、それでいいじゃない。なぜ自分が立派だと世界に向けて発信なんかしなくちゃいけないの。やだ、くたびれるわ」

アリーはウィリアムと二人で、ワインをチビチビやっていた。シャーリーは、表で夕刻の空気を吸い残照の中をぶらぶらしていた。

「ところで私、わいわい言っているわね、ほほほ」

「君のはいいんだよ、底抜けだから」

アリーは黙って〝この〟と人指し指で威した。お酒はどちらの発案か、二人は酔わない程度に楽しんでいた。

「あと、出来る人は幾つになっても勉強しているわね。だってそうでしょう。人に認めてもらうのが目的じゃないんだから。為すべきことを為して自足しているって素敵ね。だってそうでしょう」

だんだんくどくなってきた。シャーリーが戻ってきて言った。

「カマキリがいた」

見ると右手につままれ、首と鎌をしきりに動かしている。

「あらー、可愛い」

親子は昆虫が好きだった。

「立派な成虫ね。戻しておいで」

シャーリーがまた小走りに出ていった。アリーは、運悪く百日咳に罹った友人の子供の話を始めた。シャーリーがニコニコしながら戻ってきた。二人が自分の方を見たので、すかさず〝カマキリ〟と言い、真似して見せた。腰を曲げて胸を張り、後ろを向いて手首を逆V字型にして首だけヌーとこちらに向けた。それを見て二人は爆笑した。格好だけでなく動きも絶妙で、そっくりだった。

シャーリーは手を洗いに行き、二人は百日咳の子の母親の話を再開した。アンドリューが階段を降りてきた。テーブルに向かうアンドリューとシャーリーの目が合った。シャーリーが微笑んだのが分かると、彼は素早く視線を逸らした。

「ハーイ、アンディー」

アリーが声を掛けた。

「今日は！」

アンドリューはそう言って席に着いた。

「朝から晩まで看病じゃ体が持たないわ」

アリーはウィリアムの方へ顔を向け、心配そうに言った。アンドリューの心臓がドキンと打った。

「そのうち自分の方が倒れてしまう」

父が呟いた。アンドリューの心臓の鼓動が速くなった。目は伏せていたが耳を欹《そばだ》てていた。アリーがため息とともに呟いた。

「本当に、愛しているのね」

「あの人らしいよ」

ウィリアムが微笑んで話を切り上げた。アンドリューは全身の血が逆流していた。父は息子から視線を逸らしていた。アリーは暖かい眼差しを、息を詰めて俯いているアンドリューの上に向けた。

「ねえ、シャーリー」

彼女は思いついたように言った。

「さっきの、あれ、もう一度やってごらん。アンディー分かるかな」

シャーリーが立ち上がろうとした。

「看病って？」

アンドリューが低い声で言った。三人が同時に彼の顔を見た。

「えっ！」

アリーが短く声を発した。

「看病って、誰が」

俯き加減のまま、アンドリューがまた言った。

「ああ、私の、ね……」

「お前の知らない人だよ」

父が引き取って言った。すかさずシャーリーが明るい声で、

「あたし、あれだけじゃないよ、出来るの」

と今度はかってでた。ウィリアムとアリーは、

「とりあえずあれを……」

と笑いながら促した。

「どうして教えてくれないの？」

アンドリューは顔を上げて父を見た。険しい目つきだった。

「何を？」

ウィリアムは、しっかりした眼差しを愛する息子に向けていた。もうすでに事情を合点していた。

「ねえ、どうして僕には教えてくれないの？」

声が荒くなった。止められなかった。

「アンディー」

察しの良いアリーが優しく声を掛けた。シャーリーは立ったまま心配そうに大好きなアンドリューを見守った。

「お前も聞いたんだな」

父が静かに言った。〝ほらやっぱり！〟嘘だったと、アンドリューの中で怒りがこみ上げてきた。

「お父さんが聞いたのは二年ほど前だ」

〝じゃあ僕は、僕だけずっと、ずっと、知らなかったんだ！〟耐え難い嫉妬と屈辱に襲われた。顔が次第に火照って来るのが自分でも分かった。いたたまれなくなって席を立ち、憤然と体を翻《ひるがえ》した。すぐに後ろでガタンと椅子が倒れる音がした。

「お母さんとはもう一年半連絡を取り合っていない」

ウィリアムが言った。アンドリューは混乱した頭の中で、嫉妬の相手が誰なのか、アリーなのか、シャーリーなのか、父なのか、母の男なのか、愛しい母なのか、何が悔しくて何が悲しいのか、許せないのは何かの秘密なのか、駄々を捏ねている自分なのか、もう何が何だかよく分からなくなってきた。背後から父の太い声がした。

「お母さんが頼りにしているのはもう俺じゃない。お前なんだ」

愛と憎しみと羞恥が胸の奥で沸き立ち、何か途轍《とてつ》もなく辛く熱いものが込み上げてきた。後から誰かの手が彼の肩に触れた。思わずアンドリューがその手を思い切り払った。〝アンディー〟と名を呼ぼうとして歩み寄っていたシャーリーがよろけて床に尻餅をついた。ウィリアムが前に出て息子の頬を打った。

「ウィリアム！」

アリーは声に出して子供たちの前で初めて名で呼んだ。アンドリューは部屋を飛び出した。心の優しいシャーリーは泣いていた、尻餅をついたからではなかった。

「大丈夫よ。彼は大丈夫。私アンディーが大好きよ」

人の良いアリーおばさんの目に涙が光った。父は静かに二三度軽く頷いた。

アンドリューは薄暮の中へ飛び出した。そして緩やかな坂道をがむしゃらに駆け登って行った。両頬から涙がとめどなく流れ落ちた。〝分かってる！　みんな分かってる！〟

アンドリューはその夜、脱皮を終えた。

＊

ジースンが腎臓提供と誠への移植を宣言してから半月後の十一月上旬、彼女と誠の二人は入院した。病院側が懸念したのはジースンの体力と残される右の腎臓に関してであった。以前の交通事故による損傷が修復され左の腎臓と共に格別問題もなく機能していた。しかし左の腎臓が摘出されて右の腎臓が一つ残された後、それにどんな負荷がかかるかは、ある程度の予測は出来たものの、確実なことは言えなかった。もともと損傷を受けなかった左の腎臓に比べ右に多少とも不安があったので、誠へ移植するのは左の腎臓でなければならないとジースンは何の疑いもなく決めていた。いっぽう向原先生は、術後の二人の生活を憂慮して、最後まで二人の間での生体移植に諸手を挙げて賛同はしなかった。良い医師は常に肉体的なものと精神的なものを引き離して扱わない。二つで一つのものであることを熟知している。泌尿器科の医師には血の気の多い人が多いと聞くが、比較的簡単な外科的処置を自らやらなければならないからではないだろうか。主治医の幸地先生と向原先生は内科医でそのような類型からは外れていた。

誠は様々な思いを巡らしていたが、病状の進行と共に病人を襲う怖気と諦念の混ざり合った精神的疲労に徐々に蝕《むしば》まれていった。いっぽうジースンは、さながらジャンヌ・ダルクのような活力に満ち満ちていた。このような場合、誠が能く抗しきれる筈のものではなかった。否、たとえどんな場合であっても抗しきれなかった。ジースンという女性は、状況が厳しくなればなるほど、土俵際に追い詰められれば追い詰められるほど、活火山のような漲る精力が体の芯から迸るのだった。

荷物の整理と家の始末を一人で終えたジースンは誠に二日遅れて入院した。

ジースンから韓国の実家に電話で報告あって間もなく、チュンチョンの叔父がある話をした。ノルウェーの海岸から漁に出ていた兄弟の話だった。

付近にはよく知られた大旋渦《だいせんか》（うず潮）があった。兄弟は十五分間の渦の停滞時間を利用して、〝勇気を元手に命がけのやま（投機）仕事〟を続けていた。何度か肝を冷やしたり漁場で足止めを食らったりという難儀に遭遇したものの、その代わり収穫は素晴らしかった。ある日、いつものように漁を終え、島々の間を縫って定刻どおりに難所に向かった。そうすれば一時間後に定刻通りに迎える難所を通過することができる。ところがその日は様子がおかしかった。出遭ったこともないような強い風が吹き始め黒雲がにわかに湧き出し始め、たちまち船は猛烈な大嵐の只中に投げ込まれた。時計は止まっていた。頭上の雲が突然払われ、船が大波に高く高く持ち上げられた時、澄み切った空に輝く満月の光が周囲の光景を映し出した。目の前四百メートルくらいの位置に渦を巻く大旋渦を。やがて渦の周りの長い円周を〝飛ぶように〟一時間ほど巡ってから、船はぐっと傾き、真下へスーッと落下を始め、やがて落下が止まった。弟がギュッと瞑っていた目を開けてみると、周囲に旋回する巨大な漏斗の斜面が見えた。遥か下方の渦の底に、月明かりが差し込んでいた。船は大きく傾斜しなおかつ水面と甲板は輝きながら並行に疾走していた。渦の回転速度が非常に速いため横様《よこさま》の体が滑落する気配は全くなかった。渦の底で生じる飛沫によって辺りには霧が生じ、月光を浴びて虹がかかった。恐怖と賛嘆の念に打たれながら、弟は〝回転する巨大な水壁〟の表面を旅する無数の船の残骸や樹木の幹を眺めた。それらは互いに追い越したり、追い越されたりしながら、奈落の底へと呑み込まれて行った。ふと彼は、ある一点に注意を凝らした。物体の下降速度だった。観念していた彼の胸は再び激しく震え始めた。大きなものは下降速度が速く、同じ大きさでも球形のものは速く、円筒形のものは遅いことなどを見て取ると、彼は躊躇なくしがみついていた樽に体を縛って固定し、兄にも身振りで自分の意図を伝えたが、兄は環釘に掴まったまま首を横に振って拒絶した。弟は一刻もためらわず樽もろとも〝斜めの海〟に飛び込んだ。一時間ほど後、愛する兄を乗せた船は三、四回猛烈に回転しながら水底へと引きずり込まれた。弟は、飛び込んだ位置と奈落の真ん中辺りに来たところで淀みの時刻に救われた。無事に浜へ打ち上げられたが、漁師仲間は誰も彼を見分けることができなかった。一晩で髪は真っ白になり、手足も弱り、神経もボロボロに磨り減って、ちょっとした片手間仕事も体がぶるぶる震えて出来なかった。

叔父さんは言った。

「事実がそれを明らかにし、疑いを入れない状態になっても、普通は弟のように、思い切ってその場を離れるのは困難なことだ」

と。人は目前の現実というものに気圧される。見入られ竦《すく》み諦めてしまう。そしてこう付け加えた。

「ジースンなら飛び込むかも知れない。あいつはいつも敢えて何かに挑んでいるようなところがある」

だが、チュンチョンの叔父さんは、この話のもう一つの点には注意を払わなかった。そして話をきいていた誰も気に留めなかったのである。

父と息子というものは、永遠のライバルであり、同時によき仲間でもある。特に息子がある年齢を過ぎるとそうである。ともに闘う好敵手は厳しい試合を勝ち抜くたびに目に見えない絆を深めていく。

アンドリューの、長い間執拗に絡み合ってなかなかほぐれなかった心の縺《もつ》れは、あの晩、思い切り走り声を立てずに叫び身も心も呆けて家に帰った時には、もう半分は解けていた。誰も理由は言えないが、そういうものであることを誰でも体験で知っている開放感が彼にも訪れた。もはや難しい理屈など要らなかった。彼は父親と話し、翌々日にはアリーおばさんに電話してアリーとシャーリーに謝った。

「少しは落ち着いたのね。良かった。さすが男の子だわ。シャーリーじゃ無理だけど」

アリーは陽気に笑った。

「こんどカマキリを見せて」

アンドリューが言った。

「うん！　てんとう虫もハエもやってあげる」

「ハエはいいよ」

アリーとシャーリーは顔を見合わせ微笑んだ。

それから半月余りの間、ジースンとアンドリューは申し合わせたように全く連絡をとりあわなかった。ある日の夕方、息子は父に呼ばれた。そして父の書斎で母から手紙が届いたことを告げられた。アンドリューの表情が一瞬強張った。父は手紙をテーブルの真ん中に置いて、母がすでに結婚していること、相手が長く腎臓病を患っていること、そして母親の片方の腎臓を夫に移植すること、またそうすることがジーンの意思だったことを。アンドリューは話によく耐え動揺しながらもしっかり持ちこたえた。

「母さんはお前に何度も話そうと決心してはその都度勇気が挫《くじ》け話せなかったようだ。お前がそうしたいなら自分で読んで見なさい。父さんは、お前は読む権利があると思っている。母さんも反対しないだろう」

アンドリューはほんの束の間、心の中を電流が走ったがすぐ、

「大丈夫。分かっている」

と言って続けた。

「手術はいつなの？」

「まだ決まっていない。決まったらすぐ知らせるそうだ」

息子はフッと息を吐いて、

「分かった」

そう言うと部屋を出ていった。父は息子の顔つきが一ヶ月前とは全く異なっている

ことに気付いた。

「うん」

彼も一つ大きく息をついた。

第六章

当日、朝十時頃から始まる摘出手術を受けるためジースンは、二日前に日本に着いていた由美と恵美子それにテホ、さらに後で移植手術を受ける誠に見送られ、手術室へ向かった。ジースンは努めて平静を装って言った。

「じゃ、行ってくるね」

覚悟は出来ているとはいえ内心は不安でいっぱいだった。由美と恵美子それにテホは、心配そうな顔でそれぞれ、励ましの言葉を掛けた。

「頑張ってね」

誠は目に涙を浮かべながら、

「僕も頑張るから」

と言ってジースンを送りだした。

手術着に着替えたジースンは手術台の上に仰向けに寝かされ、血圧計や心電図などが装着された。その後で点滴用の太目の針が左手の静脈に挿入され、麻酔科医が酸素マスクを口の前に当てて言った。

「今から眠くなる薬を入れます」

ジースンは、すぐに深い眠りへと落ちていった。

その後、気管挿管による人工呼吸に切り替えられ全身麻酔が施された。事前の腎機能検査やCTとレントゲンによる検査で決定された左の小さい方の腎臓が、開腹手術で剥離・摘出された。ジースンは、以前に担当医から説明を受け、摘出創を小さくし術後の疼痛と負担を軽減するため後腹膜鏡下摘出術を選択することも考えたが、なにより安全性を重視して開腹法を選択し、手術は五時間ほどで終わった。

ジースンは、術後処置を終え三十分くらいしてから手術室内の回復室で目を覚ました。

執刀医が、

「目が覚めましたか？　手術は無事終わりましたよ」

と呼び掛けると、ジースンは、

「そうですか」

と言った後、

「主人は？」

と聞き返した。医師は、

「奥様の腎臓を今、移植中です」

と答えた。ジースンは〝ああ生きていた〟という実感に浸るとともに〝よかった〟と安堵感でいっぱいだった。


いっぽう、ジースンの腎摘出が終わり直ちに始められた誠の移植手術では、冷却保存された腎臓が誠の右下腹部の切開部から挿入され、動脈と静脈の血管吻合、尿管の膀胱への吻合が行われて右骨盤腔内に移植された。手術は順調に推移し、三時間少しで無事に終わった。

ジースンは、後で誠の手術について担当の医師から詳しく話を聞いた際、

「ご主人の悪い腎臓は切除せずにそのまま残し、奥様の摘出腎をご主人の下腹部に移植しました」

と説明を受けたが、〝えっ、そうするものなんだ〟と意外な感じを受けた。

ジースンは回復室でしばらく過ごした後に病室へ戻された。そこで待っていた由美、恵美子、テホは、口ぐちに、

「無事に終わって良かったね。よく頑張ったね」

とジースンを労った。ジースンは、弱弱しい声ながらも、少し笑みを浮かべ、

「ええ」

と答えた後、

「誠さんは？」

と尋ねた。誠の手術は最終段階に入っているようで、由美が、

「もう少しで終わりそうよ」

と口を寄せた。

ジースンが病室に戻って小一時間もすると、誠の手術が終わって〝今ＩＣＵに入っている〟と連絡があった。手術に特に問題があったわけではないが、念のため一晩は

ＩＣＵで術後の経過をみるとのことだった。由美と恵美子は、テホをジースンの元に残して誠に会いにＩＣＵへ行った。帰って来た二人に、ジースンが消え入りそうな声で、

「ど……どうでした？」

と尋ねると、由美が、

「幸い尿も出たし、お母様に頂いた腎臓はしっかり機能しているみたいです」

と言うと、ジースンは、

「良かった……」

と、ホッと安堵した表情を浮かべ、安心したのか軽い眠りに落ちた。


ジースンの生体腎摘出を開腹手術で行うか腹腔境手術にするかで医師団の意見はなかなかまとまらなかった。このような、医師たちの慎重な姿勢がどこから来るものか外部の者にはよく分からなかったが、ジースンの場合、それだけ懸念材料が少なくなかったと言えるだろう。ずっと後に、誠が向原先生から聞いたところでは、ジースンは手術後抜管して間もなく呼吸困難に陥り、あわや再送管という状況だったと言う。

加えて誠は、ジースンの体内に交通事故の傷痕の癒着箇所がいくつかあり、中程度の出血も見られたと聞かされた。誠の移植手術に掛かった時間に比べ、ジースンのそれがかなりの長時間を要したのもその為だった。

軽い眠りから目を覚ましたジースンは、主治医の幸地先生から

「手術は取り敢えず成功しました。ご主人の状態は安定しています」

と告げられ静かに微笑んだ。

病院内を車椅子で動けるようになったのは、意外にも誠の方が先だった。誠のジースンへの感謝の思いと労わりの気持ちがどれほど重く大きなものかは、言葉にするまでもなく彼の様子を見れば誰の目にも明らかだった。ジースンの喜びも大きく、誠の顔を見るといつも嬉しそうに笑っていた。その一方で誠は、自室のすぐ階下の病室で力なくベッドに横たわるジースンの姿を目の当たりにし、その目に焼きついた姿を思い浮かべるにつけ、消灯された病室のベッドで声を殺して咽び泣いた。

誠の快復は順調だった。毎日の血液検査も一日置き、数日置き、と次第に間遠になっていった。各種の検査数値も良好に推移した。それに比べ、ジースンの方はと言

えば、腎摘出から数週間、感染・炎症を示す血液中のＣＲＰ（Ｃ-反応性蛋白）値が極めて不安定だった。熱もなかなか下がらなかった。抵抗力が落ちているためだ、と医師は当然の理由を繰り返した。いくらかの循環系の障害と小さな神経系の不具合も見られた。しかし、ジースン自身は〝熱さえ下がれば〟と、そればかりを一心に念じていた。

「何だか、君の腎臓にお腹を擽《くすぐ》られているみたいだ。噛み付かないだろうね」

「どうかしら。可愛がってやってね。落ち着いたら毎日ちゃんと散歩に連れていってやってね」

手術から一ヶ月を経ず誠は退院し、自宅でジースンの帰りを待った。誠は、身体を馴らすための運動も兼ねて二日置きにはジースンを見舞いに病院を訪れた。ジースンは誠の顔を見るとまるで子供のように喜んだ。漸くジースンの体調も快復の兆しを見せ始めたので、医師団も〝やれやれ〟と胸を撫で下ろした。

退院した誠を出迎えたのは母の恵美子だった。ジースンは病院から連絡をとり、医師から指示されたこと、さらに自分にしかできないような細かいことを思い立って義母に伝えた。

「本当にありがとうございました。どんなに感謝しても、しきれません……」

恵美子は電話越しに泣いていた。

誠から遅れること三週間、ジースンの退院の前日、向原先生がジースンに声を掛けた。

「奥様がご主人を救いましたね」

ジースンはにっこり頷いた。

ジースンが退院してくると、一時は諦めかけていた病気からの快復の後の、慌しく気の張った、しかし幾分うきうきした雰囲気の中で、恵美子を加えたジースンと誠は、各々が為すべきことを確かめながら新たな生活を築いていこうと心に期していた。皆、事の推移に感謝し、誠もしばらくして職場に復帰した。

しかし、ジースンは次第に疲労感に襲われることが多くなり、それが何によるものか、いずれ改善されていくものなのかは、様子を見るしかなかった。医師は、長時間にわたる大手術がいかに人の体力を奪うものであるかを重ねて強調し、決してもう若いとは言えないジースンの体力と精神力を心配し心から労った。その上で無理をして身体への負担を極力避けるようにと念を押した。

年が明けて間もなく、ジースンは風邪を引いて四十度近い高熱を出し一週間ほど床に伏した。そして再び義母の世話にならなければなくなった時、ジースンの心の中を何かが掠めた。それは言葉にするのは難しいおぼろげな不安、危惧のようなものだった。誠が始めて慢性腎不全を言い渡された時に感じたような明らかで姿のはっきりしたものとは違っていた。当時の気懸かりの対象であった先々のお金と息子のことは、依然として困難な状況であったものの、最も厳しい難所は何とか切り抜けられたという思いがあった。彼女にとって生涯の二つの宝はアンドリューと誠であった。彼らが同じ時期にいかに暗く深い淵の底で苦しみ、立派に闘い、そしてそこから這い上がって来たかをジースンは目の当たりにしてきた。この二人の男は、彼女の誇りだった。

今、ジースンの胸の奥にあって微かに震え始めた慄《おのの》きと恐れが一体どのようなものなのか、この時のジースンにははっきりとは分からなかったのである。否、ついに最後まで分からなかったのかもしれない。

誠は自分のことも、またジースンのことのあり、可能な限り積極的に家事もこなした。誠は、ジースンが気遣うのを思い、〝ジースンの体調が戻るまで〟を繰り返した。買物には近いところに二人で一緒に行った。〝絶対に一人では行かないように〟との誠の忠告はさすがに無鉄砲のジースンも聞かざるを得なかった。なぜなら、もし何か外で起こった時、打撃を受けるのは、ジースンの心以上に誠の心であることを、彼女はよく承知していたから。しかしジースンは自信を失うわけにはいかなかった。

*

ジースンは入院中食事をするときに指の小さな震えが見られたが、さして気に留めていなかった。誠は尚更だった。目の前に大きな気懸かりがある時に誰が脇にある瑣末な問題に心を砕くだろうか？　しかし向原先生は注意深く観察し、密かにそれに心を痛めていた。

ある晩、ジースンが台所に立って、右手の震えを抑えながら玉葱を切っていた時、誤って親指をザックリしてしまった。爪が無かったら包丁は更に深く入っていただろう。その二日後、病院での定期診断の後で感染症を示す数値が上がっていると指摘された。特に熱はなかった。指の怪我が原因である可能性もあった。〝珍しいことではない。傷口の消毒と水分の補給を怠らないように〟と忠告された。その晩、熱が上がった。三十八度を超え、誠に面倒を見てもらったことともども辛い思いをした。彼女は、忸怩《じくじ》たる思いと共に、腹部のどこかで微かな苛立ちが目覚めるのを自覚しないではいられなかった。

誠は積極的に早退を願い出ては、どっさり買物をして帰宅した。ジースンの全身の疲労感と倦怠感は横ばいの状態だった。体重は減ってきた。ある日、彼女は誠の前で軽い眩暈《めまい》を起こし、その場に尻餅をついた。怪我はなかったものの微熱があった。指は殆ど治癒していた。誠に支えられてベッドに寝かされたジースンは、呻《うめ》くように言った。

「ああ、情けない！」

「焦っちゃだめだよ。僕も由美に散々言われて耳にたこが出来たよ」

ジースンがフフッと笑った。

誠は、ときおり会社を休んでジースンの様子を見、彼女の負担を出来るだけ減らそうと家事を分担した。誠の体調がもう十分安定していることは、二人にとってどれほど幸せなことだったかは想像に難くない。しかし人間というものは、なんと無数の〝哀しみの網の目〟を持っていることだろう。実に密に織られていながら、実にしばしば綻びるものである。ジースンに〝幸せか？〟と聞けば、頭は〝イエス〟と答え体は〝ノー〟と答え心は黙して語らないだろう。

ジースンの指の震えと眩暈は、全身の疲労感と倦怠感に加え彼女にはどうすることも出来なかった。誠はジースンを家で一人にしておくことに大きな不安を感じ始めた。会社にいても彼女のことが気にかかって仕方なかった。まるで同じ女性に二度目の熱烈な恋をしているかのように。誠は欠勤も早退も苦にしていなかった。数年にわたる闘病生活で、蓄えも随分減っていた筈だったが、もう立身出世など全くの関心外だった。しかし考えてみて欲しい。彼は、言うならば失いかけた命を拾った男だ。このような場合人は毎日が世の中が人生が、今までとはまるで違った色彩を帯びて見えるのではないだろうか？ まして、愛する妻が喜んで提供してくれた内臓を貰って元気になったのである。〝妻に何かあったら〟という思いは意識する、せざるに拘らず、心と体のあちこちでいつも鳩時計のように鳴っているに違いなかった。

ジースンが寝室で二度目の立ち眩みでまたもや尻餅をついた時、誠は居間にいた。ドシンという低い音がして、誠が慌てて寝室に飛び込むと、ジースンは尻餅をついたままの姿勢で誠を見て笑った。

「大丈夫？」

誠が声を掛けると、

「ああ、もう嫌になっちゃうわ。でも大丈夫よ。大丈夫だから」

そう言いながらジースンはよろよろと立ちあがった。

翌晩、誠は家政婦に来てもらうことを提案したが、ジースンは頑なに拒否した。二日後にも〝来てもらう、要らない〟の同じ問答が繰り返された。さらにその三日後の朝、ジースンは、ミルク入りのコップを持った手が震え始め、〝あああー〟と絶望的な声を上げながら、まるでスローモーションのようにミルクが床の上にこぼれていく様を見ていた。顔を洗って戻ってきた誠はすぐさまジースンからコップをもぎ取った。ジースンは軽いヒステリーを起こして泣き始めた。誠は彼女をしっかりと抱きしめ、背中を優しく、ゆっくりとさすった。誠は心の中で自分自身に繰り返した。〝由美に感謝しなければ。彼女は俺に百回は言っていた……焦っては駄目よって〟

＊

家政婦の沖田さんは週に三日、二時間だけ働いてくれた。買物と夕食の準備などを手伝ってもらった。沖田さんは信州の人で、穏やかな感じのする丸顔の中年女性だった。ジースンと誠は彼女が気に入っていた。

「奥様、無理なさらないで下さい」

と繰り返しジースンに声を掛けた。

「大丈夫。プロのお手伝いさんの仕事を私がお手伝いします」

誠は、ジースンの様子を注意深く見守り、彼女にとって最大の負担が何かを知ろうと努めた。しかしそれは困難だった。というのも、ジースンはそれを正直に言わなかったし、あるいは言ったとしてもそれが事実かどうかを確かめる術がなかったから。むしろ、彼女自身にもよく分からなかったというのが正直なところかも知れなかった。したがって誠が取るべきことの順序としては、せめて彼女の肉体的負担だけでも極力軽くしてやりたいと考えたのは筋が通っていたと言えるだろう。しかし向原先生なら、もう少し違った方向へ舵を切っていたかも知れない。肉体と精神は分けることの出来ない一体化したものである。特にジースンのように自発的に動いていなければ窒息しかねない人間にとっては。

春先にジースンは、また高熱をだし風邪だと思って三日間寝込んだ。しかしそれでも熱が下がらず悪寒も走ったので病院で見てもらったところ腎盂腎炎《じんうじんえん》と診断された。二人は、ジースンの体の抵抗力が弱っていることを改めて思い知らされることになった。腎盂はパンパンに膨らみ感染症を示す数値が跳ね上がっていた。キョンエの母親、すなわちジースンの祖母が晩年さんざん悩まされた病だった。入院したジースンに笑顔は殆ど見られなかった。彼女の羞恥心は苛立ちに変わっていた。感染症は体を動かし代謝を促すことで予防するのが一番だった。

「抵抗力は休んでいてもつかないわ」

ジースンは挑むように誠に、そして自分に言った。疲労感と脱力感とを振り払いながら働く辛さは彼女にとってむしろ〝闘う相手として好ましい敵〟であったとも言うべきだろう。もちろん歓迎すべき相手ではないものの寝ているよりはましだった。彼女にとって、動けない、働けない、役に立てない、という喪失感の中でしのぶ痛みや苦しみは地獄だった。

ジースンは努めて沖田さんと台所に立った。誠はそれを戒めた。ある日、ジースンは挽肉と卵の入ったボールを床に落とし、中身をそこら一面にぶちまけてしまった。沖田さんがすぐ駆け寄って、

「大丈夫ですよ、奥様」

何でもないという風に片付けてくれた。

「私は小さい頃、とても泣き虫だったんです」

沖田さんが、床と流しの間を何度も往復しながら明るい調子で話し始めた。

「幼稚園でお弁当箱をひっくり返しちゃったんです。一口も箸をつけないうちに。それがね、底の方から落ちれば良かったのに、底の方が上になっちゃって。子供ながら

に、あんな悔しく残念なことって、ありませんでした。せっかくお母さんが作ってくれたのに、と思うと……」

こう言って楽しそうに笑った。ジースンも微笑みながら聞いていた。

「底を上に向けて床にひっくり返っている弁当箱を見てから私、もったいながりやになっちゃったんです。ある漫画の中で、女の子が公園で一人ブランコに腰掛けているんです。片手にキャラメルの箱を持って。そのうち不思議な音がして驚いた女の子はキャラメルの箱を落としてしまうんです。紙に包まれたキャラメルが箱からこぼれ落ちてしまい、女の子はブランコの鎖に両手でしがみついたまま泣き始めたんです。幼かった私は、この場面が悲しくてなりませんでした。本当に声を出して泣いちゃったんです。可笑しいでしょう。でも今は平気になりました。あはは」

そんなことがあってからもジースンは、同じように物をぶちまけたり、落っことしたり、割ったり、欠いたりを何度も繰り返した。眩暈のほうも次第に悪化してきた。何かをこぼしては拭くというのは日常茶飯事のことだった。ジースンは沖田さんの話を思い出しながら、疲労と脱力というしぶとい敵と、思うようにならない自分自身というもう一人の敵と三つ巴《どもえ》の戦いを来る日も来る日も続けなければならなかった。

*

二人が退院して約半年が経っていた。今夜はたまの肉料理という初夏のある日、ジースンは昼過ぎからずっと一人で台所に立ち、前日に誠が買ってきた鳥の骨付き肉から、時間をかけ苦労しながら注意深く肉をそぎ落としていった。そして鶏ガラを鍋に放り込み出汁を取り始めた。野菜を切っているところに誠が帰ってきた。誠はジースンが包丁を使っているのを見て無謀さを強く諌《いさ》めた。ジースンは安全に最大の注意を払っていると反駁《はんばく》した。

誠は主治医や沖田さんの忠告を引き合いに出しながら、料理は沖田さんに任せること、どうしても手伝うときは沖田さんや自分の指示に従うようにと繰り返し言い聞かせた。ジースンは、〝自分にも出来ることがある〟と訴え、誠は〝余計な心配を増やさないで欲しい〟と訴えた。ジースンは、やおら、

「分かったわ」

と言うなり鍋のスープを流しに捨ててしまった。

ジースンに不眠の症状が現れたのは春を迎える頃だった。〝春眠、暁を覚えず〟ではなく〝春眠、暁に訪れる〟であった。それまで病院で出されていた様々な薬はたびたび変更され、増やされたり減らされたり元に戻されたりの繰り返しだった。夏になり医師に相談した。

「すでに脱力感や眩暈の症状があるそうなので強い薬は出せません」

医者は患者からの訴えを無下に扱うことは出来ないものの、薬ほど一筋縄で行かぬものもない。量はもとより、服用時刻、服用期間、食事の前後など、更に患者の体質や体調にも関係して、実に様々である。そのため、試してみるしかないという面があることも否定できない事実だろう。医師はジースンの訴えを聞いて、不眠に対する薬を、

「何か不都合が生じたらすぐ中止し改めて相談して下さい」

注釈をつけて処方してくれた。しばしば服用することで初めて現れる薬効もある。本来、薬効とはそういう類のものではないだろうか。もちろん、それには副作用も含

まれるが。

数日後、リビングルームのテーブルに置いてあった誠の携帯が鳴った。側にいたジースンは手に取って、

「あなた」

と誠を呼んだ。〝真理〟の着信表示が目に入った。

「誰からかな」

誠はタオルで顔を拭きながら、小走りに駆け寄ってきた。

「向原先生から」

「そうか」

携帯を受け取った誠は、ジースンの不眠に変化はないこと、新たな不都合も今のところなさそうだと話した。

「『様子を見ましょう』って言っていた。オフでも気に掛けてくれているんだ」

一呼吸の間があった。

「私、あの先生好きよ……信頼している」

ジースンは小声で、しかしキッパリと言った。

ジースンの不眠症状は相変わらずだった。しかしやがて、不眠ではなく指の震えの方が改善の兆しを示し始めた。ジースンは〝まさか！〟と思いながらも喜んだ。しかし向原先生が終始一貫注視していたのは精神的ストレスだった。

第七章

本人にとって不自然な、あるいは不本意な形で何らかの欲求が抑えられていると、その一部が開放されると全てが一気に溢れ出てしまうことがある。担当する作家により良い仕事をしてもらう為に〝自由を与えず拘束するのが有効である〟と知っている編集者は有能と言える。作家は早死にするかもしれないが、その分良い作品を生むだろう。そして編集者は言うに違いない。〝これが私に与えられた役目なのだ〟と。

ジースンは再び台所の切り盛りを始めた。まるで震えとともに脱力感も眩暈も影を潜めたかのように。

「包丁を握っている時や熱湯を下げている時にふらついて倒れでもしたらどうなるんだ」

誠は本気で怒った。それに対してジースンは、

「そんなこと言っていたら何も出来ないじゃない」

と反論した。四つに組んだら、相手が誠だろうとジーミンだろうとウィリアムだろうと辛地先生だろうとどこかの強いお兄さんだろうと、ジースンが勝つに決まっていた。そして、台所で沖田さんと対等に働くようになった。沖田さんは、

「ご無理なさらずに」

と言いながら、女主人に逆らうようなことは一切しなかった。気が張っているときは、些細な不都合の一つや二つは鳴りを潜めるばかりか、本当に消えてしまうことだってある。不眠さえ改善される気配を見せ始めた。日中の活動が増えたためだろう。息切れはしたものの、それは安い取引だった。その件で誠とは小さな衝突を繰り返した。まるで一人で買物にさえ出かけかねない勢いだった。

「ちょっと見当たらないと、わいわい騒ぎ立てて……、私はまるで徘徊老人ね」

向原先生は、ジースンの疲労の蓄積と、それを戒める抑圧をも監視しなければならず、憂慮と希望の間に立ってじっと状況の推移を冷静に見守っていた。

キョンエの母親のことを、知る人は皆異口同音に〝生命力のかたまりみたいな人〟と評した。晩年に脳出血を三度、骨折を二度繰り返し、三度目の大腿部骨折で寝たき

りになり、七年後に八十八で亡くなった。この女性は、健康上の事故に見舞われる度に、まるで事故そのものによって息を吹き返したかのように活力を取り戻した。周囲の忠告を無視するでもなく、そうかといって聞くわけでもなかった。自分の怪我や病気に対して配慮する用心するということは、彼女にとって屈服するということを意味していた。〝これをやってはいけない〟と言われれば敢えてそれをやった。まさに勝ちに出たわけだが、それは危険な賭けでもあった。人の言うことを大人しく聞いていればまるで怪我や病気の餌食になってしまうという風だった。臆病なのか勇敢なのかまるで分からなかった。しかし彼女はそうやって生きて来て、繰り返し事故にも見舞われ、その度に奇跡的な再起を果たして来たのだった。

「いいかいお母さん。もう脚は強くないんだからね。ここは絶対に走ったり跳んだりしては駄目だよ」

同居していたキョンエの兄に釘を刺されたまさに数日後、転倒した彼女はそのまま寝たきりになり、手厚い介護を受けながら七年間過ごしたのだった。

人は時として、負の現実に背を向けて対峙することが少なからずある。それは後ろ向きという負のイメージがするものの、決して逃げるのではなく顔をみないで闘うためである。意に介されなければ、いじめっ子も家に帰るしかない。相手にとって最大の侮辱は無視されることである。隔世遺伝だろうか。ジースンはまさに彼女の孫であった。誠はそんなことは露にも知らなかったので、彼の中のジースンは〝永遠の美しき突然変異〟だった。

昼休みに、誠は会社の同僚とわいわい意見を戦わせていた。

「お前の所は大丈夫か、かみさん。家出したりしないか。ノラみたいに」

「ノラ？　ドストエフスキーか？　いや違うな、トルストイだ」

「家出してさ。列車に飛び込んで自殺しちゃったんだよ。あれ、どうしてなのかな？」

「お前はいいね、あれで。あれ。なんだっ……極楽トンボだ！」

「不義密通っていうのは……、あれは要するに、女が外に男を拵《こしら》えることだろう。男が外に女を拵えたって、分からなければいいんだから。時には分かったっていいんだから」

「ああ、そんなこと平気で言うのもどうかな。でもまあ、世界中、似たようなものだったんだな」

「過去形で言えるかな。どうだ？」

「俺は現在形で言いたい」

「今の話、奥さんに今度あった時、伝えておくから」

「映画で見たんだよ。何であんな綺麗な女が列車に飛び込まなきゃいけないわけ？勿体ないだろう？」

「俺の方見て当たるなよ。俺が飛び込ませたわけじゃないだろうが」

「じゃ、誰だ」

「『人形の家』ってそんな話か？」

「違うだろ、イプセンは家出だけだ。家出させただけだ」

「悪い男だ。あんな綺麗な女を」

「だから違うんだって！　家出はイプセン、自殺はトルストイ。憎い男どもだ」

「物語を書いて憎まれちゃ適わないな。でもなあ、村八分くらい辛くこたえる物はないのさ。正直に明かしたら村八分だ。正直はいいものだって教えておいてな」

「そうか！『アンナ・カレーニナ』だ！　思い出したよ。うん！　不倫を白状するんだ」

「そりゃ追放だろうな」

「そうか？　お前白状して一ヶ月かみさんにパンツ洗ってもらえなくてこぼしていたよな。お前のとこはそれで済むんだ……、追放されなくて良かったよな。え？　今でも自分で洗ってるのか？」

「追放は辛いな、生きていけないかも。飛行機もないんじゃ」

「列車飛び込むっていうのは一番痛ましいと思う、俺は。もう何の救いもない気がする」

「じゃあ何ならいいんだ？」

「よくないよ。何だって良くないけど、例えば……ガスとか、睡眠薬とか、あとは……」

「首を吊るのも苦しそうだし。凍死は？　手首を切ったらどうだろう」

「お前たち皆、腰が引けているんだよ。覚悟が出来ていないな。何度もやり直しているうちに誰かに止めてもらおうって腹だろ。駄目だよ、そんなの」

「じゃ、お前なら」

「俺なら飛び降りる。それなら一瞬だ。それにダイヤの乱れも……」

「あのね。俺聞いたことがあるんだ」

声を落とした。同僚たちが身を乗り出した。

「いいか。列車に飛び込むってことは、この世とあの世の狭間は存在しないんだ。分かる？　足を動かして飛び込んだ次の瞬間はあの世さ。ところが、例えばだよ、十階建てのビルから飛び降りるとする。手摺を越えて、縁に立って、いち、にの、さん！　手を離す。するとね、すぐ死ねないのさ。どうしたって数秒かかる。落下する体はどうにもならない。するとね。落下している最中に閃光のように頭を掠めるんだ。希望の光が。あ！　生きたい。死ぬべきじゃない！　生きるんだ！って。一瞬のうちにパッと。こんな恐ろしいことがこの世にあるかって言っていた」

「……誰が」

「ああ、あの、俺の知っている……ある詩人が。俺、この話聞いた時に本当に青くなっちゃってさ」

同僚が皆青くなって固まっている。

「ほら、な。やっぱり怖いだろう。あのね、これはまた別の筋から聞いた話だ。手首を切ったり、睡眠薬を飲んだりっていう腰が引けているのは放っておいて、とにかく自殺を企てて大怪我したり体に障害を負ったりして一命を取り留めた人間は、二度と自殺しようとはしないそうだ。中にはいるかも知れない、不屈の戦士が。でも統計的にはそんなものらしい。つまり、自殺者が皆飛び降り自殺を選択するなら、そのうち自殺者はいなくなるってことさ」

「何で？」

「飛び降り自殺で果てた亡者がこの世の親族に、自殺で果てる瞬間の恐怖と後悔を伝えるからさ。口コミで伝わっていくのさ、自殺の愚かさって奴が」

不思議に理屈は通っていると誠は思った。瞬間、ふと義理の弟のことが頭を掠めた。そしてその姉であるジースンのことが。どうしても弟が死ななければならなかったのなら、それはそれで仕方なかっただろう。ジースンが十字架を背負う必要もないはずだ、と。

こう考えて誠は一瞬、〝はっ〟とした。『十字架』？　ジースンは十字架を背負っているのか？　誠の頭の中で、突然何かがぐるぐると回り始めた。その渦は見る見る大きさと速度を増していった。そしてその真ん中で十字架が月光を浴び淡い光を放っていた。

＊

移植手術を無事終えて一足先に退院した誠は、真っ先にジースンとの約束を果たすべくシアトルに連絡を入れた。英語の〝読み〟が堪能な誠は、大切な用件をウィリアムに伝達する程度の〝話英語〟には問題なかった。こんな時の家族の心配というものが一通りではないことを知っているから、誠は簡潔に必要なことは隠さず話をした。二人の男は礼を尽くし会話を終えた。三週間後、ジースンはシアトルの家族と電話で話した。半年振りに耳にするアンドリューの声は、母の耳に嬉しくも力強く染み通った。

「マミー、体の具合は？」

母は泣くまいと努力したが無理だった。

「大丈夫。一つ残った腎臓も無事よ」

「ナカジマさんだよね。連絡があった。しっかりした人だって、パパも言っていた」

何だか訳も分からずジースンは泣けて仕方がなかった。

「ママね……」

しばらく間があった。ジースンは鼻をかみ、涙声で言った。

「もうアンディーに隠し事なんかしない。ママは隠し事が嫌いなの」

再び間があった。

「じゃあ、僕も隠し事できないね」

ジースンが笑った。また鼻をかんだ。

「ロセッティさん親子は？」

「たまに遊びに来る。パパは絵本描いてる。知ってるよね？」

「うん、知ってるよ。素敵ね。ママからもよろしくって、伝えてちょうだい」

「分かった。……声がちょっと小さくなったみたい。ご飯とか食べてる？」

「もちろんよ。大好きよ、食べるの。玉葱は駄目だけど」

アンドリューが笑いながら、

「好き嫌いはいけません！」

「はいはい。栄養とって大きな声を出せるようになるから」

その晩ウィリアムの家に家族が集まりジースンの話で持ちきりだった。人のいい義母のサニーは、

「辛かっただろうね」

を連発し同情しながらも食欲の方は旺盛だった。義父のマイクが、

「ジースンは心も身体も柔《やわ》じゃないから心配ないよ」

と言ったので皆心の中で賛成した。ウィリアムは心の中で〝確かに柔じゃない〟と思い、アンドリューも心の中で〝全然柔じゃない〟と思った。

翌週のクリスマス・イブに、ロセッティ親子がやってきた。

「メリー・クリスマス！　アンディー」

アリーおばさんが元気に声を掛けた。

「メリー・クリスマス！　アンディー」

シャーリーがにっこり笑った。

賑やかな晩餐の後、アンドリューの部屋でシャーリーが言った。

「良かったね」

「そうだね。でも何か細い声だった」

「その人を助けたんだよね。えらいね、アンディーのお母さん」

しばらくアンドリューは考えていてすぐには反応しなかった。シャーリーは、なんとなくアンドリューが質問してくるような気がした。

「お父さんは、一人なの？」

「へへっ。聞かれるかなって気がしたよ。二人、お父さんは一人だけど」

シャーリーは、けらけらと笑った。

「新しいお母さんでしょ？」

「そうね、でも私のお母さんは、あの人だから」

階下を指差して言った。

「一人、でもお母さんは二人だね」

ややっこしい話を二人の子供がしている。シャーリーが真面目な顔になって言った。

「私、初めのうちは口利かなかったの。その人と。大嫌いって」

「ふふん……」

アンドリューは前を見て考えていた。

「それで?」

振り向きざまに訊ねた。

「何か全然気にしてないみたいなの。私のこと。いつもニコニコして、『ハーイ、シャーリー』ってね。お母さんがお父さんに会いに行けって言うから行くとね、必ずその女の人もいるの。ハーイ、シャーリーって。でね、そのうち仲良くなっちゃった」

シャーリーは笑った。

「ボストンまで会いに行くの?」

急にびっくりしたようにアンドリューが聞いた。

「ボストンに行く前の話よ。手紙が来るよ、今はたまに」

二人は階下から呼ばれた。階段を降りるとき、アンドリューは先を行くシャーリーの背中が何だか大人びて見えた。

＊

リビングのテーブルの上で誠の携帯がマナー・モードでブルブルと震えた。ジースンが手にとって見ると〝真理〟の表示が見え、そのまま切れた。〝履歴〟を開けてみると、〝病院〟と〝真理〟が同じ割合で入っていた。

「過度の抑制はいけません。人間に生理的欲求がある限りは。けれど無理は尚更いけません」

ジースンは誠に告げられた向原先生の言葉を思い出した。

ジースンは彼女に感謝していた、心から。しかし頭では充分理解していることを体が拒絶していた。真実というものは、目立つ両極端の間にひっそりとうずくまっていることを、ジースンは半ば漠然と半ば直感的に感じていた。恐らく全ての人間にとって、そうであるように、客観がうずくまっているのは、いつもこういう場所である。客観とは、人の個人的生理とは関係ない場所でのみ有効な分度器であり、毛細血管中で働く白血球ではないだろうか？　いっぽう心が関わる所では客観はある人にとって色褪せた土くれに過ぎず、またある人にとっては躓《つまず》きの石にさえなる。ジースンにとって、この時、客観は土くれでも躓きの石でもなく、遠くに霞む太陽だった。彼女は直感で決定し欲求で行動した。その結果、躓くことはなかったが失うものは大きかった。ジースンは分かっていた、何もかも。しかし彼女は、まるで十字軍の戦士のように、誠に対し世界に対し、自分を示しながら立ち働くことを止めようしなかった。

誠が職場に復帰して間もなく、ジースンは一人で息を切らせながら洗濯物を取り込み、戸を閉めて数歩前に歩き始めた。そして垂直に倒れた。倒れる拍子に脇にあった食器棚に顎を打ち、そのまま仰向けに倒れ、後頭部を小机にぶつけた。籠の洗濯物が半分飛び出し床に散乱し、なぜか脇棚のガラスにヒビが入り破片がいくつか飛び散った。ジースンはそのまま気を失い十分か三十分かあるいは一時間かは分からないが、気がついた時にはすぐ状況を理解した。顎と後頭部がズキズキと痛んだ。彼女は、這うようにして電話の所まで辿り着き病院に連絡を取った。怪我は彼女にとって単なる怪我ですまないことを体で学んでいたから一人で様子を見るような馬鹿な真似はしなかった。ここでは彼女の客観的感覚は立派に働いた。ジースンの右顎にはひどい青アザが出来ていた。唇の右脇が少し裂け、後頭部には大きなたんこぶができていた。病院で頭部のX線写真を撮って調べたが異常はなかった。右の一番手前の奥歯がグラグラになっていて、呑み込んでしまうのを避けるため院内の歯科で抜いた。案の定、C

ＲＰ値はグンと上昇していた。電話連絡を受けた誠は仕事を切り上げて病院へ飛んできた。

「歯を抜いたんだって？　頭に異常がなくてよかったよ」

一言も責めたりはしなかった。ジースンも謝ったりしなかった。

「おたふく風邪みたいになっちゃった」

ジースンはこの機会にいくつかの検査も受けた。良好なものと、そうとは言えないものが混在していた。

「体を動かすことで抵抗力は向上しますが、逆に低下することもあります。無理をしてはなりません」

ずっと静かに脇から見守ってくれていた向原先生、今回はジースンの顔を直視しながら言った。ジースンは目を伏せ、力なく、

「はい」

とだけ答えた。

第八章

第一次世界大戦で、ルーマニア戦線に従軍したある軍医の日記の中にこんな記録がある。農家で子猫がたくさん生まれた。牛乳をやるお金がないため、農家で働く少年が処分を言いつけられた。彼は子猫を次々に納屋の壁に叩きつけて、あっという間に仕事を終えた。そのすぐ後、彼が食卓に着いて食事をしていると、子猫の一匹がよろよろしながら家の中に入って来た。少し歩いては立ち止まり、前足でひょいと耳を掻いたりした。〝そうすれば正気に立ち戻れるとでもいうような様子だった。〟子猫は苦労してやっとベンチに這い登り、少年の肘に擦り寄ってきた。彼は驚きと畏れの中でしばらくは食事をしていたが、やがてスプーンを投げ出した。会食者が退けると、彼は子猫をやさしく撫で、自分の食べ残しを子猫にやった。子猫は少しそれを食べた。その後、血を吐き胆汁を吐き、置かれた牛乳には見向きもせず、高熱の渇きで水を飲もうと鼻を近づける度に唸って後ずさりした。農家の者は子猫を取り巻き、何とか救う道はないかと話し合った。昨日は殺そうとしていたのに、誰も一息に楽にさせてやろうなどとは考えもしなかった。〝子猫の様子には何か驚嘆すべきものがあった〟と書いている。死を前にしても〝苦しみを意に掛けず〟、自己の本姓に忠実であろうと努め〟、〝その品位を保ち、小粋に首をかしげることを止めようとはしない〟と。死にゆく子猫の姿は見る者の胸を打った。少年は残りの子猫の死骸を丁寧に葬り、盛んに吹いていた口笛はもう二度と吹かなかった。三日後に子猫は死んだ。少年はその前にひざまづき、泣きながら子猫を撫でた。軍医は子猫の最期について、〝それからせわしない鋭い呻き声を立て、最後に一度、深く、殆ど快いと言っていいほどの息をついた〟と書いている。

「マチュカ」と呼ばれるこの子猫の挿話が、毎日のように人の死に直面していなければならなかった軍医の胸に鮮烈な印象を与えたのは一体なぜだろう。生物はたった一度、その死を迎える。二度目は無い。死の体験が生かされることは無い。しかし人は〝死というものの概念〟を持つことが出来る。動物は持たないだろう。しかし死というものを直接的に知っているのではないか。もしかすると人間以上に明確に。〝自己の本性〟とは何だろう。

「貴方の自己の本性とは何ですか？」

と問われて、即答できる者はいないだろう。死に直面しても、どこかに消えて無くならないものが本性だろうか？　それともよく言われるように、死に際して初めて現れるものが本性だろうか？　いや、本性は、死に直面してもしていなくても、どんな時にも現れるのではないだろうか、美しかろうと醜かろうと。本性でないものはどんなに装っても偽っても現れないのではないだろうか？

＊

ジースンは三日後に帰宅した。病院からずっと誠に腕を取って支えてもらいながら、彼女は自分が急に老いてしまったように感じられ胸が潰れる思いだった。誠は、心にかかっていたジースンのことは口にせず沖田さんに来てもらう日を週五日にすることを提案した。

「考えておいて」

と誠は諭すように優しく言った。

退院した翌日の朝、ジースンはコップにミルクを注いでいた。突然、指の震えが来たが、すぐに止まった。誠を会社に送り出した後、しばらく座って考えていた彼女は、ゆっくりと立ち上がり一つのコップに水を満たしもう一つのコップをテーブルに置いた。そして両手にコップを一個ずつ持って、一方から他方へ水を移し始めた。震えは無かった。速くしたり遅くしたりしてみたが、やはり震えはなかった。ジースンは鏡の前に立って自分の顔をしげしげと見つめた。やつれていながら浮腫《むく》んでいるような病人の顔だった。

「考えてくれた？」

その日の夕方、誠が聞いた。ジースンは黙っていた。

「無理しちゃ何にもならないって、辛地先生も向原先生も言っていた」

「そうね」

「派遣事務所に電話するよ。いいね？」

ジースンはしばらく黙っていたが、

「お金が続かなくなる……」

と小声で言った。

「君のお陰でまたこんな風に精一杯働けるようになったんだし……」

ジースンは黙っていた。

次の日の夕方、沖田さんとジースンは一週間振りに一緒に台所に立った。

「大変でしたね。ご無理なさってはいけませんわ」

百万遍も聞かされた忠告を再び繰り返した。ジースンは、その夜、考えをまとめようと努力したが取りとめもない想念が頭の中を堂々巡りするだけだった。


十日ほどすると、また不眠が始まった。ジースンは苛立っていた。脱力感と息切れを振り払いながら何とか気持ちを奮い立たせようとしたものの、勢いは戻らなかった。勝負事で、ここが責め時と全精力を注ぎこみ、それが押し返されるともはや抗う術もなく一気に攻め落とされてしまうように、再び気力を回復することは困難だった。ジースンは急いでいるわけではなかったし急ぐ理由もなかった。〝焦っている〟あるいは〝何かに追い立てられている〟と言った方が近いかもしれない。彼女は漠然とであれ、〝何か大きな責務を果たさなければならないと感じていたようだ〟と後で多くの知人が述懐している。ベートーベンは、〝ああ、私の人生には何と時間の不足していることよ。急がねばならない〟と歯軋《はぎし》りしたと言う。

ある晩、夕食で味噌汁をよそっていて指の震えが来た。ジースンは直ぐお碗とお玉を置いた。〝いやだ！〟彼女の中で何かが叫んだ。誠はテーブルに皿を並べていた。ジースンがもう一度お玉を手にして味噌汁を掬い始めるとまた震えが来た。またお玉を置いた。苛立ちを抑えながら三度お玉を手に取り、それを目の前に掲げて大きく深呼吸した。来かかっていた震えは収まった。もう一度大きく息を吐き、〝よし〟と声に出しながら味噌汁を掬った。お椀へお玉をあけようとした途端、大きな震えが襲ってきた。味噌汁が床にぶちまけられた。ジースンは、思わず〝あああ！〟と叫び声を上げつつ、お玉とお椀を力いっぱい床に叩きつけた。

＊

ジースンは、移植手術の直後に半年振りにアンドリューと話してから、怪我をするまでは時折シアトルに連絡を入れていた。しかし頭と顎を強打し感染症の薬が出され、不眠と指の震えが再発してからは次第に鬱のような状態になっていった。そんなジースンに対し、誠は何かを強く禁じたり抑制したりしないように精一杯努めた。ジースンは、一度だけ誠が出勤した後、一人で買物に出かけたことがあった。転倒事故から二週間くらい経った頃だろうか。ジースンは、半ば破れかぶれのような勢いで家を出たものの、帰りには商店街の脇道でしゃがみこんでしまった。異常に気付いた通行人がタクシーを呼んでくれ、何とか帰宅したジースンは、身も世もないという体で一人ベッドに打ち伏して泣いた。

秋に入り二ヶ月ほど音信不通を心配したアンドリューが電話をしてきた。ジースンは、すでに心と体の芯が折れかかっていた。精一杯努めて元気な声で話してみせたものの、息子には二度と隠し事をしないと誓った彼女は、アンドリューに対し明るい調子で話せることなど何もなかった。アンドリューは母のことで心を痛めていた。そのことは周りの人誰もよく分かっていた。ウィリアムもそんな息子を頼もしく思うと同時に心を痛めた。そして同じくらい心を痛めていたのは、アリーとシャーリーだった。アンドリューには、〝どうすれば一番いいのか？〟と悩み何かを思いあぐねているような様子が見られたが、皆は、彼の心に深入りするようなことはせず心配し心を痛めていた。

秋風が渡り鳥とともに澄んだ青空を渡り始め時、ロセッティ親子二人は、ウィリアムとアンドリューの元を静かに去っていった。


ジースンに鬱症状が出始めたからと言って、誰も彼女を責めることは出来ないだろう。肉体的苦痛との長い闘いは、人に忍耐を教えもするだろうが、悲嘆と怖気をも教える。〝ああ、もう嫌だ〟という身を切るような嫌悪感は少しずつ時間を掛けて広がっていく癌細胞のように、体の隅々まで沁みこんでいく。先頭に立って敵陣の只中へ突入していくジャンヌ・ダルクが少しも苦にしなかった死も、支柱に縛られた体の下からバチバチと音を立てながら舞い上がってくる炎を前にした時、初めてなす術もなく震え慄く哀れな一人の少女に引き摺り戻されたかも知れない。〝死〟はその顔付を、いかようにでも変えられるから。

自分のことを顧みず、惜し気もなくその体の一部を切り与えたジースンが、立場が完全に逆転して健康体を手に入れた誠のことを、今になって多少とも羨んだり妬んだりということはあり得ないだろうか？　しかも誠のすぐ傍らには向原先生という健康体の女性がもう一人存在していたのだ。しかしジースンはそのことには全く関心を示さなかった。ジースンほど禁欲的に生き嫌味、妬み、嫉み、悪意、当て擦りといったことから遠かった女性も滅多にいないだろう。そのような感情とは元々縁がないのか、意識的な努力や実践もあったのかは誰にも分からなかった。彼女が心の奥底で必死に押し殺していた、側にいる者の健康な肉体への苦い憧憬が全くなかったとは、一体誰が言い切れるだろう。

もう一つ肝心な点を挙げるなら、彼女の生い立ちの中で、誰かの厄介になって生きることへの拒絶心が比較的早くから芽生えていたことだろう。それは〝遠慮〟では弱すぎ〝嫌悪〟では強すぎるものだった。自立心というのが比較的近いが、しかしもっと熾烈なものだった。

〝デルス・ウザーラ〟というモンゴル系ロシア人の男の話がある。彼はシベリアの雄大な大自然の中で長い間狩猟生活を送っていた。そして動物のこと自然のこと、またそれら厳しい調和のことを、体と頭の両方で熟知していた。鷹のように遠くまで見通せる眼を持ち、それによって自給自足と物々交換の孤独な生活を送っていたが、彼に人生上の不平不満は一切なかった。やがて老齢となり次第に眼が利かなくなり、獲物を取り逃がし、虎を恐れ、自信を失って行った。町に住む彼の友人が彼を自宅に引き取ることを申し出た。彼はそれを拒否し、ためらいながらも友人の美しい妻と子供のいる家に厄介になることになった。子供との楽しい交流はあったものの、彼は次第に元気を失っていく。そして自殺とも病死ともつかない〝都会死〟とでも呼ぶより他ないような寂しい死をあっけなく迎えることになる。

＊

ジースンが愛する息子に、予告のような懺悔のような嘆息のような、悲しい連絡を入れたのは、辺り一面に落ち葉が舞い落ちる季節を迎えた頃だった。ジースンは自分の近況と心境を素直にアンドリューに伝え〝故郷の韓国へ一旦引き揚げることになるかも知れない〟と告げた。

「シアトルに戻れば？」

アンドリューは思い切って言った。

「そんなわけには行かないわ……」

「家なら遠慮要らないから」

「……無理」

しばらくの沈黙のあと、アンドリューが言った。

「あのね、アリーおばさんたち、もう当分来ないと思う」

ジースンは驚いて、混乱した頭の中でいろいろ思い巡らしていた。

「何かあったの?」

「何もないけど」

ジースンは辛い気持ちになり、改めて気持ちをまとめるように、

「ママは今、人の役に立つことが殆ど出来なくなってしまって……」

「僕がいるから大丈夫。僕が手伝うから」

アンドリューが明るい声で言った。ジースンは震える手で口を押さえ、込み上げてくる嗚咽に耐えた。

「アンディーがロセッティさんに何か言ったの?」

電話を替わったウィリアムにジースンが聞いた。

「アンディーが言ったのは脱力感と怪我のことだけど。アリーとシャーリーは自分で去っていったんだ。君が気にすることはないよ」

「……ごめんなさい」

ジースンがあたかも自分に非があるように言うと、ウィリアムは、

「謝る必要なんかないよ。それよりどうなの？　意地なんか張らずに、何も考えないでシアトルでゆっくり静養したらどう？　元気になったら戻ればいいんだし……。アンディーは成長したよ、駄々なんか捏ねないし」

ジースンは心の中で、〝ありがとう〟と言いながら震える手を合わせた。彼女はその時、心底からウィリアムの中に熱いものを感じたのだった。

いろいろ考え悩んだ末、ジースンは誠に自分の思いを打ち明けた。誠は、うな垂れ打ちひしがれ、見るも哀れな様子だった。

「私、ここでは何の役にも立てなくなってしまったわ」

「そんなことないよ、現にこうして僕を元気にしてくれたんじゃないか」

「貴方の役に立った……でもそれは過去のこと」

「過去じゃない、現在だよ。君がいてくれることで僕は元気にしていられる」

「貴方はもう十分。私は、ここにいても無理をするか無気力になるかどちらかだわ」

「君は一体、何の十字架を背負っているんだ？　ジーニョンを救えなかったのは君のせいじゃないだろう？　だけど僕の命を救ってくれたのは君なんだ」

「私、十字架なんて考えてみたこともないわ」

「じゃあ、今考えてみて。誰も何も頼まないのに、君は十字架を背負おうとしているだろう？」

「十字架は、誰かに頼まれて背負うものなの？」

「十字架の話はいいとして、頼むから考え直してくれないか？　一度でいいから僕の言うことを聞いてくれないか？」

誠は、結局ジースンに押し切られることを承知しながら、なおも執拗に迫った。

「私、人の足枷にはなりたくない」

「君は他人の十字架は喜んで背負いながら、他人のささやかな足枷にはなりたくないって言うのだね」

「特に貴方の足枷にだけは絶対になりたくないの」

「なぜ」

「自分でも分からないけど」

彼女の脳裏を、若くして老婆のようになり、誠の介護を受ける自分の姿が過《よぎ》った。

いっぽうその時、誠の頭を過ったのは全く別のものだった。ある囚人が、生きている間、監獄で周囲の人々の悪い気を吸って自分の中に取り込み暮らしていたが、ある人の奸計《かんけい》に落ち、最後は電気椅子の上で惨い苦痛のうちに喘ぎ果てる、という話だった。

「君はいつも一人で決め一人で行動する。君は自分のこととなると他人の心からの願いにも耳を貸さない」

「そんなことなかったでしょう。よく思い出してみて」

「だったら僕の頼みを聞いてくれないか？」

「私が貴方を愛したのは、貴方に頼まれたからではありません。自分の気持ち一つでしたことです。だから今回も、自分の気持ち一つで貴方の元を去るのです」

キッパリした口調で話していたジースンの語尾が震えた。

「シアトルの申し出を受けるの？」

「いくらなんでも、そんな風に他人の好意に甘え縋《すが》りたくないわ。韓国に戻ります」

驚いた誠は絶句した。

「実を言うと兄や甥にはもう連絡してあるの。実家から近からず遠からずの所に安い部屋も探してもらったわ。病院にも行かないと駄目だし自分の部屋で出来る仕事もある程度目星が付いているの。自分一人のことなら何とかしてやっていける。落ち着いたら住所もちゃんと知らせるから、わざわざ会いに来るようなことだけはしないって約束して下さい」

ジースンは、ここまで一気に話した。こうもキッパリ言われてしまっては、誠としてもそれ以上反論するのは無駄なことは明らかで、観念するしかなかった。かくも切れ味鋭い氷の刃でバッサリいかれては、誠も妙な気分になるしかなかった。それを〝あっぱれ〟と言って済ませられるものだろうか？　ジースンは、甥のテホがよくしてくれるだろうこと、シアトルには定期的に連絡を入れるつもりであること、などを手際よく語った。よほどしっかりと頭の整理が出来ている証拠だった。ジースンにもはや迷いがないことは誰の眼にも明らかだった。誠は、月々一定の金銭的援助を申し出たが、ジースンはそれも拒否した。誠は笑うしかなく、冗談めかして、

「では手切れ金ということで。沢山は無理だけど少しばかりの足しにして」

と言ってにっこり笑った。ジースンは深く頭を下げた。最後に彼女は、自分がこの家を出て家のためには何の役にも立たなくなる以上、籍は抜いて欲しいと付け加えた。

「いつでも戻っておいで」

と声を掛けた誠に返事をすることなく、悲しい愛おしい眼差しを誠に向け自室へ駆け込んだ。

ジースンは、テホに伴われて韓国へと発った。好むと好まざるに関わらず彼女の全てのルーツがある母なる韓国へ。そして生きて二度と日本の土を踏むことはなかった。

第九章

ジースンが韓国に戻ったことは、もちろん母キョンエには伏せられた。兄ジーミンは、ジースンの行動に賛成はしなかったものの、いろいろ探して自分の家からバスで三十分くらいの所に部屋を契約した。

姉のミジョンはジースンのやつれた顔を見るなり、

「あんたって人は！」

泣きながらジースンを抱きしめた。

ミジョンはジースンが住むことになる部屋の清掃やちょっとした生活用品の準備など、女性ならではの心遣いをしてくれた。

テホとスアは協力しながら叔母を迎えるための準備に奔走した。

ジースンは、韓国での生活のため〝少なくても部屋の家賃と食費などは自分で稼がなければ〟と心で決めていたので、今の自分でもある程度できる仕事を探すため親友のヘリンに頼んでいた。ヘリンは、パソコンがあれば家でも出来て時間の調整も利き、さらにジースンのキャリアを生かせる仕事として、ハングル―日本語―英語の三ヶ国語間の翻訳の仕事を探してくれた。

ジースンが新しい生活を始めて間もなく、誠から手紙が届いた。そこには、今回のジースンの行動に対する反対や説教じみた文言は一切なく、〝君に感謝して一日一日を過ごしている。必要なときにはいつでも連絡してくれるように〟と偽らざる心境が綴られていた。

以後、誠は実にまめに、半月に一度くらいの頻度で定期的に手紙をよこした。ジースンは短い返事を書いたり書かなかったりした。

日本を出る際に病院へ頼んで書いてもらった診断書を持って、ジースンは近くにある病院を訪れ通院を始めた。症状の悪化は見られなかったものの、疲労感は以前にも増して大きくなっていた。

ジースンが始めた三ヶ国語の翻訳は、翻訳発注会社からパソコンに送られてくる資料を、その会社が発行しているマニュアルに沿って翻訳し、完成した原稿をパソコンで送り返すというものだった。翻訳文の原稿資料は音楽に関するものから文芸的なものまで様々だった。

収入はそれほど多くはなかったものの、何より家で作業が出来ること、時間配分などに自由度が大きいことがジースンには好ましかった。また合間をみて、少ない生徒ではあったが、近所の子供に日本語と英語のレッスンを行った。それは彼女にとってオアシスとも呼べる時間だった。

ジースンは、確固として心に決めていたことがあった。それはアンドリューへの連絡を欠かさないということだった。〝隠さない〟と決めたからには、彼女は一切隠すことはなかった。

誠が、怠りなく連絡をよこしたように、彼女もまた、今の生活と健康状態についてアンドリューへの連絡を欠かさなかった……最後まで。そんな彼女だったが、なぜかアンドリューにもウィリアムにも、自分の居所は教えなかった。


テホとスアが揃ってジースンを訪れた。

「中島さんってどんな人？」

スアが聞いた。

「あのね、不思議ないい感じの人だよ」

ジースンが言う前にテホが答えた。

「お兄ちゃん、中島さん知っているの？」

「叔母さんを迎えに行っただろう。そのときにもちょっと」

「不思議って？」

スアが訊ねた。ジースンは微笑みながら黙っている。

「何って言えばいいかな？　型に嵌まっていない……そんな感じかな」

少し考えて、

「野生的インテリとでも……」

「いいじゃない」

「でも結構手厳しいわよ。よく『馬鹿じゃないか？』って言っている」

ジースンが口を出した。

「誰を？」

テホとスアが同時に聞いた。

「最近のノーベル賞の偉い先生とか、大企業の社長とか……総理大臣も」

テホとスアが、〝はぁ〟と顔を見合わせた。

「『勿論それらの人は、それなりの尊敬に当たるとしても……。表には出てこないけれど、本当に真面目に誠実に実務をこなしている人は世の中にいっぱいいる。ある意味、そういう人達がこの世界を実際に動かし明日の世界を作っているんだ。そのことを忘れて、あるいは無視してスタンドプレーに明け暮れたり、他人のせいにしたり、自己保身に腐心するのは馬鹿のやることだ』ってね。そして英字新聞から数学や科学書や歴史書からポルノ小説まで英語の原書で読んでいるわ」

「うん、うん」

「でもね、言っておくけど。『馬鹿って言葉』は、私といる時に使うだけで、外では言わないみたい」

「いけてるじゃない」

スアが眼を輝かせた。

「お前は馬鹿の口じゃないか？」

「大丈夫、女と子供は」

笑いながらジースンが言った。

「……最高……」

スアが溜め息をついた。

「確かにちょっと格好いいな……。お前の彼氏とはえらい違いだ」

「そうね、彼変態だからね。でも人畜無害よ……涙もろいし」

ジースンとテホは思わず吹き出した。

そんな会話の後、テホはキョンエが二年ほど前から、あれほど気にしていたジーニョンのことを一切口にしなくなった、と話した。

ジースンの一人暮らしはそもそも無謀だったものの、後先を良く考えずに日本を飛び出した直後は、いくつかのいわば幸運に助けられた。まず眩暈が減少したが、これは精神的にも大きかった。息切れは相変わらずだったものの、年が明ける頃には手の震えもなくなっていた。理由はよく分からないが、大きな環境の変化が心身に微妙な影響を及ぼしたのだろう。あるいは、たまたまそういう体調の時期だったとしか言えないだろう。人間の心と体の関係とはかくも不思議なものだ。

十二月の下旬、ジースンは自分の尿の色が少し濃くなっていることに気付いた。

〝そういうこともあるだろう〟と格段気に留めなかった。さらに数日後、同じような尿の色を見た。その時ジースンの頭を何かが過ったが、この一年間さんざん苦しめられてきた症状が多少とも改善の傾向を見せていると感じていたことに紛れ注意がそちらに向いていたためか、それ以上の詮索を放棄していたのだった。病院で血液検査の結果を見た医師が、〝少し様子を見てみましょう〟と言って薬を出してくれた。それと同時に神経系の薬の服用は中止された。

テホとスアは事あるごとにジースンを助け力になった。ある時、ジースンを訪ねて来たテホといろいろ話をしているうち、たまたま話題が兵役の話になった。

テホは大学を卒業して間もなく服役した。十九歳の時に受けた徴兵検査で『二級』と判定されていたので『現役』区分として陸軍へ入隊した。新兵訓練所で約二ヶ月の基礎訓練を受けた後、約二年間陸軍現役として服務したが、徴兵制度としては除隊後の八年間の『予備役』、さらに四十歳までの『民防衛』が含まれているということだった。規則に従って髪の毛を二センチ位のスポーツ刈りにし、忠清南道の論山市にある訓練所に入営し、基礎訓練の後に陸軍の江原道部隊に配属された。テホが兵役服役中に上官や先輩などから兵役に纏わる様々な話を聞かされていたが、その中でもショッキングな出来事を話してくれた。もっともそれは、かれこれ三十年前の出来事だったそうだが……。

〈兵役の経験談１〉

「その人の名前を仮にAさんとしましょう。Aさんは名門S大学の理学部に在籍していましたが、二十一歳の時に大学を休学し兵役に服しました。Aさんはとても誠実かつ真面目で、何事にも全力であたる一本気な性格でした。Aさんには相思相愛の彼女がいて将来の結婚を約束していました。Aさんにとって彼女は初恋の人であり初めての女性でした。Aさんは辛く厳しい軍事訓練と担当任務の中で、彼女への慕る想いを夜空の星を見上げることで何とか紛らわせる日々を過ごしていました。入隊直後は三日にあげず二人の間で交わされた手紙や電話による交流も、やがて週一度になり、そして月一度になり、彼女の反応そのものも何となくよそよそしくなっていきました。やがて、そんな状況に疑念を抱き心を痛めたAさんは、母親に頼んで彼女のことを調べてもらいました。その結果、彼女は『ゴム靴を逆向きに履いていた（＝彼氏が兵役中に彼女が浮気する）』ことが分かったのです。絶望感の中で理性を失い逆上したAさんは〈彼女を殺して自分も死のう〉と思ったのでしょうか、営舎からM16自動小銃を持ちだし脱営したのです。これを知った営舎の師団長は、『もし、理由は何であれ、自分の営舎に服務中の新兵が民間人を殺めるようなことが起こったら、マスコミは大騒ぎをするだろうし、当然自分も唯では済まないだろう。いやそれどころか、管理責任を取らされて首になるに違いない』と考え、Aさん一人を捕まえるため自分が隊長となって百人にも及ぶ捜索隊を派遣しました。司令官は隊員に『もしAさんが攻撃したり反抗したりするようなことがあったら、射殺してもいい』と命令していました。脱走した翌日の夕方、Aさんの彼女が住む町のはずれにあるこんもりした森の中で、一発の銃声が響きました。

胸を撃ち抜かれ即死したAさんの遺体は、営舎に運ばれ、倉庫に横たえられていました。

事情を知らされ駆けつけたAさんのお母さんとお姉さんは、変わり果てた遺体に縋り付き朝まで大声で泣き叫んでいました。その声は、営舎全体に響き渡るくらいで、一睡も出来なかった兵士も少なくなかったそうです」

「えっ、そんな悲しいことがあったの？　お母さんとお姉さんの気持ちが分かるような気がするわ」

〈兵役の経験談2〉

「ある日、兵士が午後の自由時間を楽しんでいた時、一匹の飼い犬と思しき中型犬が兵営に迷い込んで来た。一人の若い兵士がその犬を捕まえ周りの兵士たちの『やれ、やれ、やってしまえ』と囃したてる声に押されながら、拳銃で犬の後頭部の付け根を撃ち、殺した。その後、片脚をロープで縛って木に吊るし、ホースで水を掛けて血を洗い流した。綺麗になった犬を大きな板の上に横たえ、下腹からナイフを入れて腹を裂き、内臓を取り出してから再び水で洗い、片足の付け根にナイフを入れ、そこから全身の皮を剥いだ。後はナタとナイフで解体し捌き、首と手足は土中に埋め、十個くらいの骨付きの肉塊に切り分けて、熱湯で茹でた。これらの作業は、途中から数人の兵士が参加し協力しながら進められた。一人が用意して来た大きな鉄鍋で味噌を溶いた湯の中に、茹でた犬肉をさらに細かく切り刻んだ塊と一緒に、沢山の大蒜やネギやジャガイモコチジャンを入れて煮込み『ポシンタン（犬鍋）』を作った。後は鍋を囲んだ大勢の兵士が、興奮しながら鍋をつつき、具とスープを食べ尽くす、賑やかな『犬鍋会』が開かれた。しゃぶり尽くされた骨は、痕跡を残さないため、穴を掘って土中深く埋められた」

ジースンは、韓国では犬食がそれほど稀なことでないのは十分知っていたし、滋養強壮の効果が大きいと聞いたこともあったが、普通の生きた飼い犬を目の前で解体して食べるという状況そのものに大きなショックを受けた。

「軍隊ではそんなこともあるのね。恐ろしい感じでショックだし、私にはとても付いていけない世界だわ」

テホが言った。

「でも昔と違って軍隊も随分変わったみたいだよ。民主的になったと言うべきか、普通に近づいたと言うべきか……」

少し間を置いてテホが続けた。

「でも、さっきの話程ショッキングじゃないけど、僕もいろいろなことを実際に経験したよ」

「どんなこと。よかったら教えて」

ジースンのリクエストに応じてテホが話し出した。

「ある日の深夜、皆が寝静まっている時、上官と二人で夜間警備の任務が回って来た。一緒に見張りをしていると、上官がいろいろ聞いてきた。『恋人はいる？　キスはいつした？　女を知っている？』プライベートなことには答えたくないから、〈無視して黙っていよう〉とも考えたけれど、〈上官の機嫌を損ねるのもどうしたものか〉と思って適当に受け答えしていると、そのうち質問は益々エスカレートして微に入り細に入り、露骨度も増して行ったので、対応するのに困り果て、ほとほと疲れきってしまった」

聞いていたジースンは、〈血気盛んな青年が、楽しみも女気もない特殊な閉ざされた環境に置かれ日々苦しい軍事訓練と厳しい上下関係のストレスを受け続けたら、何を考えどんな精神状態になるのだろう？〉と想像してみたが、同時に同じ民族でありながら南北の国に分断され互いに反目し合い準戦争状態で対峙している母国だからこその徴兵制度に、改めて想いを巡らさざるを得なかった。

続けてテホが話してくれた。

「ある日の軍事訓練で、何人かで隊列を組んで行進していた時、新兵が誤って先輩の足を踏んでしまってその先輩はよろけて転けそうになったことがあった。後で、新兵は先輩に直謝りに謝ったものの、先輩は許すどころか新兵を殴る蹴るの暴行を加えて、半殺しの目に遭わせた。さすがに、新兵は怒り心頭に発し、機会を窺って先輩の横腹をナイフで刺してしまった。兵隊が内部で傷害事件を起こして相手が死亡した場合は、無条件に裁判にかけられ刑務所送りになるが、死亡に至らなかった場合は、刑務所に行くか一生軍隊で最下級兵として過ごさなければならない。その新兵は後者の道を選んだ」

ジースンは聞き終わって、運命のいたずらと言って済ますには、余りに過酷な現実に声を失ってしまった。

＊

ジースンは、相変わらずの倦怠感と息切れの中での孤独な生活は辛かったものの、一方では身一つの気軽さが精神的負担を多少とも軽減させたのかも知れない。ただしそんな小康状態の期間は長くはなかった。

年が明けジースンは、故意かあるいは慣れのせいか、尿の色を気に留めることも殆どなくなった。また疲労感の様子が少し変わってきていることには未だ気付いていなかった。

息切れは依然として続いていたが不眠はほぼ解消していた。

ジースンは韓国に来て間もなく、キョンエに会いに兄の家に行った。キョンエはジースンを見るなり、

「痩せたみたいだし、なんか元気がないみたいだけど大丈夫かい？」

と娘の身を案じた。ジースンは、母親に心配させまいと気遣いながら、

「大丈夫よ」

と空元気で答えたが、母親は、

「そうかい、そうだといいけど」

と半信半疑の体だった。キョンエの部屋の片隅に置かれた小さなテーブルの上には、大学の卒業式で写したジーニョンの晴れがましい写真と共に、幼子のアンドリューの写真が飾られていた。積もる話の合間に、いつものやり取りが繰り返された。

「アンドリューは元気にしてる？」

「ええ元気よ。一度連れてこないとね」

「いいよ、無理しなくて。元気だったらそれでいい……」

ジースンは親孝行をすべく、体のしんどさやだるさを押して、キョンエを焼肉店に連れて行き、その後チムジルバンで背中の垢すりをしてやった。痩せた母親の背中を擦ると垢がポロポロ出てきて、それをみたジースンの目に涙が溢れ、母親の背中にポタポタ落ちた。

キョンエが、

「お前、涙もろくなったのかい？」

と聞いてきたので、ジースンは、

「暑くて汗が落ちるのよ」

と強がりを言うのだった。

韓国に来て時間が経つにつれ、ジースンは自分の体調の悪さをキョンエに悟られまいとして、実際会いに行くことは減ってきた。そんな中でも何度かキョンエに電話で

話はした。余計な心配を掛けまいとして努めて元気を装い明るい声で話したが、キョンエは何かを敏感に感じているのか、いつも、

「お前、体は大丈夫かい。気をつけておくれ」

そして最後に、

「アンドリューはどうしている？　大きくなっただろうね」

切なくなったジースンは、それを感じさせまいと、

「では、またね」

と言って電話を切るのだった。

そうしているうちにも〝どうしても母親に会いたい〟という気持ちが昂じ、ジースンはテホに頼み、一計を案じることにした。ある日の夕方、ジーミン一家、ジーミン、ヒヤ、テホ、スアそれにキョンエの五人は予約してあった中華レストランに向かった。テホと時間を打ち合わせていたジースンは、物陰から見ていた。五人がレストランに入って行く際、嬉しそうな悲しそうな顔をしたキョンエが、腰を曲げヨチヨチ歩いていく姿が目に入った。

「お母さん」

と心の中で呟いたジースンは、母の後ろ姿を見送った後もしばらくその場に悄然と佇んでいたが、やがて目にいっぱい涙を浮かべながら、バスで部屋へと帰って行った。

＊

二月に入って、ヒヤが洋服ダンスの整理をしていると見慣れないジャケットが一着出てきた。彼女は〝あれっ。こんなジャケットあったかしら？　ジーミンの、それともテホの？〟と一瞬考えたが、記憶が蘇ってきた。ジーニョンが亡くなって間もなく、確か四月頃だったと思うが、ヒヤはジーミンに言われたことがあった。

「ジーニョンが勤めていた病院から、これが送られてきたよ」

それは一着のジャケットだった。ジーミンは、

「どうしよう。捨てるのもなんだし……」

ヒヤは、

「そうね。テホが着るかも知れないし」

と言って、それを洋服ダンスに掛けておいたのだった。たまたまヒヤは、洋服ダン

スを整理していたとき、そのジャケットを見つけ、洗濯に出しておこうとして内ポケットを探った。すると一通の封書が出てきたのでジーミンに事情を話し渡したのだった。ジーミンは、すぐそれをジースンに届けにやってきた。ジースンが受け取って中を見ると数枚の紙切れが入っていた。ジースンは貪るようにその紙切れを検《あらた》めた。一枚は無造作に四つ折にされた血液検査の結果だった。日付は十年前の四月半ば、患者氏名『イ・ミジャ』とあった。残り三枚は、ジーニョンが書いた三つのグラフだった。色分けされた五本の棒グラフで何かの数値の推移が示されていた。どのグラフでも棒で示される数値は次第に高くなり、最後のグラフでは二本の棒で表される数値が急上昇していた。その最後のグラフに記された日付は、一枚目の血液検査の日付の二日前になっていた。ジースンは、胸の不思議な動揺を抑えながら、しばらくその紙切れから眼が離せなかった。ざわざわと葉摺れの音を立て始めたジースンの心の中で、過去の記憶が真夏の黒雲のように蘇り始めた。この検査結果は弟が入手した最後のものだろう。弟はミジャの死後、直ちに病院を辞め、部屋を引き払ったに違いなかった。ジースンは病院に電話をして、弟の退職日を確かめた。名を告げた姉に検査結果の日付の十日後のそれが伝えられた。〝ミジャの死亡日がこれでほぼ判明したわ〟

と、ジースンは熱に浮かされたように心の中で呟いた。

こんなことがあってから、ジースンの頭はジーニョンとミジャの二人のことで占拠されてしまった。呼吸器の喘ぎが心の喘ぎに伝染したかのようだった。彼女は食欲が減退していることさえ全く意に介さなかった。翻訳の仕事も身が入らず締め切りに追われては夜更かしが続いた。誠から便りが来ていた。そこには向原先生のジースンの状態についての懸念が述べられていた。いっぽうアンドリューには短いがしっかりした報告を続けた。

早春の梅が芽吹く頃、わなわなと震える指でジースンは突然ミジャがいた病院に電話をかけた。担当者にミジャの住所を訊ねたが、ミジャの死後、母親が引越ししたようで、病院も新しい居所を把握していない、という返答だった。ジースンはテホに調査を頼み、テホはソンデムン大学の伝《つて》を利用してやっと名簿に辿り着くことが出来た。ミジャの実家はピョンテク郊外のアンソンチョン川に程近い場所にあった。

九月初旬のある日、テホが運転する車からジースンが降り立ったのは、さほど密集していない何軒かの家屋を畑と果樹園がゆったりと縫っている穏やかな場所だった。テホが先に行って探してくれ、その家はすぐ見つかった。玄関のドア越しに声を掛けると、奥から六十代だろうか、身なりは粗末なものの、こざっぱりした小柄な女性が出てきた。ジースンは何とも言えない胸の高まりを抑えつつ、

「ミジャお嬢さんに生前お世話になったジーニョンの姉です。それに彼は私の甥のテホと申します」

と挨拶すると、女性は、

「お名前は存じています。娘の方こそジーニョンさんに大変お世話になりました。また今日は、お姉さまと甥っ子さんにわざわざお越しいただき、娘もさぞかし喜んでいることでしょう。本当にありがとうございます」

と続けた。二人はしばらく生前のミジャとジーニョンの話に花を咲かせた後、ジースンがお願いした。

「出来ればお墓参りをさせていただきたいのですが」

「是非そうしてやって下さい。ここから小さな道を歩いて三十分くらいの所にあります」

「ではお参りさせてください」

早速、三人は出かけた。天気はほぼ晴れで、暑くなく寒くなく、微風はあったものの爽やかな初秋の日和だった。十五分くらい歩くと、細い道の両側にコスモスの花畑が広がっていた。高さ一メートルくらいで、白、ピンク、赤、黄、紫の様々な色の花が咲き乱れ、風に吹かれてかすかに揺れながら、菊に似てもっと薄い淡い香りを漂わせていた。

ジースンはコスモスの花を見やりながらゆっくり歩を進めていくうち、なんとも言えない不思議な気持ちに襲われた。〝ここはこの世？　あの世？　それともこの世とあの世が渾然一体となった別世界？〟。風に揺れる色とりどりのコスモスは、まるで生者と死者が入り乱れ時間も空間も無い中で、ひそひそと、和やかに、楽しい会話を交わしているようだった。

コスモス畑を抜けて十分ほど歩いた小高い丘の中腹にそのお墓はあった。墓には母が供えたに違いない黄色い花束がそっと置かれていた。ほのかな春の土や花の香を感じながら、ジースンはしばらく手を合わせた。黄色い花の香も、九月のさわやかな陽光も、土のほのかな匂いも、ここで感じられる全ては弟が愛した女性の面影を映しているように思われた。

墓参りを終え、再び玄関先に立ったジースンは、丁寧にお礼を述べ、先刻の墓前で感じた思いを素直に伝えた。また、コスモスの花畑で感じた不思議な感覚は抑えて、付け加えた。

「途中の花畑も綺麗でしたね。コスモスは『乙女の真心』と言われているようですが、正にお嬢さんそのものですね」

ミジャの母親は深く頭を下げ、

「過分なお言葉で恐縮いたします。娘もさぞかし喜んでいることでしょう」

と感謝した。ジースンがそろそろその場を辞そうとすると、母親は、

「よろしければどうぞ」

とジースンとテホを家の中に招き入れた。テホは気を遣ってか、言った。

「僕は外で車の中で待っています」

ジースンは改めて、久々に祖国の地を踏んだこと、自分は腎臓を一つ失っていることなどを話した。母親は深い眼差しをジースンに送りながら、時には嬉しそうに、時には驚いたように、時には感心したように、じっと黙って聞いていた。

「ちょっと待っていてくれますか？」

と言うなり母親は席を立って部屋を出ていった。少しして母親は手に何かを携えて戻ってきて、ジースンの目の前に差し出した。

「娘の闘病日記です」

ジースンが手にとって捲《めく》ると、薄い文字で二冊のノートに丁寧にびっしりと書き込まれていた。その日記は、二冊目の三分の一程で終わっていた。ジースンは胸の震えを抑えながら終わりの方の乱れた筆跡と、所々に〝ジーニョン〟という文字を見た。ノートの間から封筒が滑り落ちてきた。それを思わず拾い上げジースンが訊ねた。

「これは？」

「ああ、どうぞ」

促されるまま、ジースンが花の模様があしらわれた可愛らしい封筒を開けると、十数枚の書き付けが入っていた。一目見るなりジースンの心が激しく波を打ち始めた。それはまさしく弟ジーニョンの筆跡だった。

「その方……、いえ、貴方の弟様は本当によくして下さいました。本当に……。今でも感謝の気持ちでいっぱいです」

書き付けは、ジーニョンがミジャに書いてよこした様々な注意書きだった。〝散歩は欠かさないこと。体を冷やさないこと〟〝あの先生は、きっと君に気がある。だから必ず治してくれる〟〝食事は残しちゃ駄目、全部食べて体力をつけること〟〝僕の出しておいた宿題を考えておくこと。結婚式の挨拶とか、その他諸々〟〝寝る前に腕と首のストレッチをやること、数を勘定しながら。〟〝腎臓は寝て待て。僕が頑張るから焦っては駄目だよ〟云々。〝最後に言う、自分に向けて『君の顔。君の声、君の性格、君の仕草、君の心……全部が好き』。頑張れミジャ！〟

紙切れを持った手が震えだし、ジースンは込み上げる嗚咽を抑えることが出来なかった。

その様子を涙ながらに見ていた母親は、〝ジーニョンさんの奔走は実を結ばなかったけれど、自分たち親子がどんなに頼もしい思いで望みをつなぐことができたか、頑張って毎日を生き生きと送ることが出来たか〟、終始静かに胸に染みるような調子で話した。

「一周忌の折、お会いしたきり失礼しておりますが、お元気でしょうか？」

小さな声で母親が訊ねた。

ジースンは一瞬ドキッとして言葉を失ったが、少し間をおき呼吸を整えて言った。

「韓国で過ごすのは辛いようで、今は遠いところで暮らしております」

ジーニョンの死に際し、ジースンがキョンエについた以来の『ホワイト・ライ』だった。ジースンはゆっくり熟読したいので日誌を借りたい旨を伝えると、母親は快く承知してくれた。

やがてテホが迎えに来た。ジースンとテホは母親に感謝と労いの言葉を残し、そこを去った。車の中でテホがジースンの体調を心配して聞いてきた。

「大丈夫でした？」

ジースンは、

「大丈夫よ」

と答えたものの、眼を赤く腫らした叔母の顔をみて、

「泣かされましたね？　まさか責められたとか？」

と言ったので、ジースンは、

「テホ。何で私が責められなければならないの」

珍しく語気を強めた。

「失礼しました。ところであのお母さん、叔父さんが亡くなったこと知っているんですか？」

ジースンは、しばらくの間、黙って車に揺られていたが、やがて重い口を開いた。

「分からない。多分……」


ジースンは、食欲の減退と車酔いのような何とも表現できないような疲労感を、はっきりとした〝自覚症状〟として感じ始めていた。また少し濃い色の尿もしばしば見られるようになった。一ヶ月のあいだジースンはミジャの母親から借りた日誌を夢中で何度も読み返していた。それにすっかり心を奪われていたので、病院の医師から初めて〝腎臓の薬〟を出された時も、薬や体調不良や怪我あるいは病気そのものに対しても、特に注意を喚起されるということは無くなっていた。いっぽうアンドリューに宛てた手紙には、自分の健康状態を、率直に簡潔に医師に話すより明瞭に、しかし余計な心配はかけないように配慮しながら綴られていた。〝車酔いのような疲労感〟〝食欲のなさ〟〝でも元気でいること〟を書いたところで、〝少し色の濃い尿〟が頭に浮かび、頭の中で突然鎖の輪がつながった。しばらくぼんやりと中空に目をやっていた。驚きや恐れといったものは、全く起こらなかった。彼女はすでに気付いていた。気付いていたことを敢えて脇に押しやっていただけだ。他の場合であったら、あるいは別の心境になることもあり得ただろう。彼女の心を強く捉えていたのは、自分ではなくミジャそしてジーニョンのことだった。

医師が〝腎不全〟と告げたときにもジースンは驚かなかった。むしろ〝そう、やっぱり〟という感じだった。医師は進行の速いのが気になりますと言った。ジースンの年齢や体力を考えれば、透析も手術も極めて辛いものになるだろうことは明らかだった。医師は婉曲に〝困難〟と表現した。しかしジースンの頭から、〝開腹手術〟の選択肢はキッパリと除かれていた。それは〝不可能である〟と。なぜならジースン本人は、医師と違って婉曲に考える必要などなかったから。

一ヶ月余りの間、ジースンは刻々と生涯の残りの体力を消耗していきながら、ミジャの闘病日誌を貪り読み、ミジャとジーニョンとの心の対話を続けた。異常とも言えるくらい。ミジャの何がこれほどジースンの心を鷲掴みにして離さなかったのだろうか？　ミジャという女性は、凡そ医師や看護師の言うことならば、まるで神の言葉のように素直に聞き入れ足りているのだ。労いを受けては喜び忠告を肝に命じ自らは何一つ思いを定めて我を張ることなく、ジーニョンのつまらない忠告に感謝し、愚にもつかない冗談を心待ちにし、いつになったら来るかも分からない腎臓を心待ちにし、ジーニョンの心という贈り物だけを胸に抱いて散って行ったのだ。人間に対するこれほどまでの絶対的信頼というものが果たして存在し得るものなのだろうか？

ジースンがテホに言ったことがある。自分は死を恐れていないと思っていた、と。恐れているものがあったとしても、それは死ではない、と。でも、分からなくなってきた、と言った。

「『望ましい死』、『望ましくない死』とか『恐ろしい死』、『恐ろしくない死』なんてあるかしら？『死』が怖くないってことは『いかなる死も怖くない』ってことなのじゃないかしら。籤を引いて何が出ても驚かない、ってことなのでは……」

ジースンは周りの人に自分が腎不全を患っている事実を告げた。皆、大きな病院での検査を勧めた。医師は、病状の進行が速いこと、ジリ貧のように弱っているのに手を拱《こまね》いて待っていることの愚を戒めた。そして移植以外の外科手術もあること、この手術がもっとも進んでいて事例も多いのがアメリカであることなどを付け加えた。ジースンはこの時、移植であろうと、別の外科手術であろうと、もはや自分が手術を受けるということ自体、疑問に思っていた。どれを選択しようと、どれも同じことのような気がしていた。なぜなら今の彼女の心に懸かっていたのは〝生〟ではなく〝死〟だったから。

春に入り誠の手紙からは、ある種の切羽詰ったようなものが感じられるようになった。

〝僕の損失は君のために払う時間じゃない。君のために払うことが出来ない時間だ〟

アンディーには腎不全という病名は告げていなかった。しかし自分の健康状態については今後どのように変化していくにしても、改善であれ悪化であれ、自分に対しては偽らずに報告する義務を息子に対してはそれを受け止める試練を課していたジースンには、一切の迷いなかった。息子のことは母親の自分ではなく、息子本人と天にその全てを委ねようとした。たとえ息子がその試練に押しつぶされるようなことがあっても、それはそれまでと、断じて恥じる所はなかった。

いっぽう誠には、病名も健康状態さえも、ろくに知らせていなかった。ジースンは誠に対しては、息子に対する時のように、心の覚悟と平静を保つことが出来なかったからである。なぜなのか自分でも分からなかった。誠はジースンからほとんど何も知らされなかった。お決まりの返信だけだった。それも稀と言っていい頻度で。このようなジースンの態度に対する誠の焦慮は向原先生に負うところが大きかった。彼女は、ジースンの腎不全の兆候を見抜いていたのか、それとも別の何かを憂慮していたのかは分からない。しかし、ともかく彼女の懸念は〝当たり〟だったのである。

ジースンの腎不全がまず甥のテホに伝えられ、例によって、キョンエ以外の親族に知れ渡った四月初旬、桜の花がちらほら散ってきた頃、親族がジーミンの家に集まった。一年前の、あの移植手術を前にしたピーンと張り詰めた空気とは少し違った空気がその場に流れていた。皆意気消沈していた。ある意味で無防備になっていた。キョンエが皆の顔をゆっくりと眺めながら部屋に入ってきた。そして黙って座った。例によってジーミンが変な咳払いを一つしたがスアは笑わなかった。笑うどころか全く元気が出なかった。ヒヤがお茶を運んできた。ミジョンが言った。

「明日、皆でお花見に行こうか?」

その途端、キョンエが、

「いないのかい。ジースンは今日も……いつもだね」

と言って、フーッとため息をついた。

「あいつは飛び歩いているのが好きだから、まったく……」

ジーミンはそう言うと伸びを一つした。皆お茶を飲んだ。キョンエも飲んだ。一同一息ついて、やれやれと思った時、突然、キョンエが言い出した。

「ジースンまで逝っちゃうのかい?」

一瞬、皆凍りついた。

「あたしゃ、もう沢山だ……」

キョンエは茶碗を両手で包むように持って体を前後に揺すりだした。

「ジーニョンだけで……、もう沢山……」

スアがぱっと席を立ち部屋を出ていった。ミジョンは思わず両手で顔を覆った。テホは口を〝への字〟に結んで天井を見上げ、〝叔母さんは大丈夫だよ、大丈夫〟と心の中で叫んでいた。

テホが実家に行っている間にジースンは一人でピョンテクに向かった。電車の窓から見える風景は、前に行ったときとはまるで色合いが違って見えた。色づいた木々からは落ち葉が舞い始め、それがジースンの心を暖めるとともに、何とも言えない寂寥感を誘った。

そんな中でもジースンは、道中ずっと不思議な開放感も感じていた。

「ありがとうございました……」

深々と頭を下げ病床日誌を手渡した。二人は玄関先で別れたが、別れ際にミジャの母親は、

「せめて貴方は元気でいらして下さい」

沁み通るような優しい声だった。

ピョンテクの駅に向かう帰りのバスの中で、ジースンは疲労困憊《こんぱい》した体を、前後左右揺れるに任せていた。何も考えられなかった。それくらい疲労は大きかった。暮れかかる秋の残照が、舞い降りる木の葉を浮き立たせる舞台背景のように、淡い光を投

げかけていた。

「せめて貴方だけは」

列車が大きな音を立てて走っていく。

「ミジャの代わりに」

家が、樹木が、畑が過ぎて行く。ジースンはぼんやりと先刻の母親の言葉を聞いていた。紺青の空。西の茜雲。

「せめて貴方は」

遠くの山は霞んでいる。

「せめて貴方はジーニョンさんの代わりに……」

列車は大きな音を立てて走っていく。

「ジーニョンさんの代わりに元気でいらしてください」

突然、ジースンの心の中に誠の手紙の言葉が蘇ってきた。

〝このまま君が逝くようなことがあれば、僕はこの先、生きていく自信がない。臨終の時、『お前の一生はどうだった?』と問われれば『私の人生は失敗でした』と答えるしかない〟

ジースンは熱に浮かされたように自室のソファに倒れこんだ。

〝弟がミジャを救えず自分も生きていけなかったのと同じ苦しみを、今私は誠に対して与えようとしているのか〟

ジースンの心は波立ち、頭は旋回していた。周り四方を月の光に照らされた『斜めの海』が渦を巻いていた。何度も何度も考えては、思いは同じところに落ち込んだ。遥かに見渡せる一本道が遮るものもなく、寒々と続いていた。そうこうしていると、ふと別の考えが心に浮かんできた。

〝私は誠を救えなかったという苦痛と悔恨を抱いたまま、死に赴くことができるだろうか？〟

『斜めの海』は回転の速度を上げていった。ジースンの耳の奥では轟音が鳴り響いていた。海水の飛沫が月光にキラキラ輝いていた。突然、部屋の入口ドアが叩かれた。はっと我に返ったジースンは、一瞬その状況を飲み込めなかった。再びドアが叩かれた。立ち上がったジースンはドアの近くへ行き、

「どなたですか？」

一息あって、

「……僕だよ」

懐かしい声だった。ジースンは胸の高まりと動揺を抑えながらドアを開けた。誠が立っていた。

誠は、ジースンとの約束を破ったことに対する詫びを入れてから、すぐに帰ること、大病院で診てもらって欲しいことを伝え、ウィリアムから託された一通の手紙を渡した。誠は、

「連絡待っている。僕にでもシアトルにでもどちらでもいい、同じことだから」

と言うなり、にっこり笑って身を翻した。ジースンは、手に一通の手紙を握ったまま、一人呆然として佇んでいた。

手紙には懐かしい筆跡で〝君の手紙の健康に関する部分を僕が書き抜いた一冊のノートを主治医Kに見せた〟こと、〝そのKが泌尿器科のYに話したところ、Yが一度診てみたい〟と言ったこと、〝君のアンドリューへの報告からある兆候を感じ取った彼は、それを僕にではなくアリーに話した〟こと、〝彼女はそれを誠に伝え、君に大病院での検査を受けるよう勧めてもらったらどうか〟と提案したこと、〝アンド

リューはたった二日間で必要事項をノートに綺麗に書き写した〝こと、〝準備が万端整ったところでアンドリューとアリー二人は僕に話を持ってきた〝こと、そして最後に、〝ロセッティ親子との交流が再開された〝こと、〝我々は近々一つの家族になるだろう〝こと、などが書かれていた。

〝これが僕らの息子だ。そして僕の妻になる人だ。アンドリューがナカジマさんに連絡をとって、その時僕もナカジマさんと話をした。彼にも本当に感謝している、息子の大切な大好きな君を護ってきてくれた人だから〝そして、〝これからどうするかの選択はひとえに君のものである。皆君の味方であることを忘れないで欲しい〝と結んであった。

ジースンは、まるで瘧《おこり》にでも罹ったように、がたがた震えながら両手で手紙を持って読んでいたが、突然テーブルに突っ伏して子供のようにわぁわぁ声を上げて泣いた。

〝斜めの海〝はいつの間にか凪いでいた。月の光がジースンを優しく照らしていた。

第十章

誠はジースンの部屋の近くに宿を取っていて、ジースンからの返事を今か今かと首を長くして待っていた。ジースンの承諾は直ちに伝えられた。

最先端医療技術を駆使する治療費や手術費が、果たしてどのくらいになるかは分からなかったが、相当な高額であろうことは明らかだった。誠とウィリアムは二人で相談し喜んで折半することにした。もちろん誠の後ろには恵美子が、ウィリアムの後ろにはマイクとサニーが控えていたものの、潤沢なお金を出せる者は一人もいなかったけれど、むしろそれだからこそ皆に迷いと躊躇はなかった。めいめいの生活と懐具合に見合った額が喜んで出された。テホは給料の前借りを申し込んだが断られ先輩からは利息を吹っかけられた。すんなり借りられたスアは〝人間信用よ〟と兄に舌を出して笑った。ジーミンは口を〝への字〟に曲げて、

「あいつは、これくらいは受け取る資格があるんだ」

と、ヒヤの意向も聞かずに結構な額を奮発した。ヒヤは良人の頬に久々のキスをした。ミジョンとチュンチョンの叔父さんも続いた。アンドリューは貯金を全てはたいた。もちろんたいした額ではなかったが。話を聞いたヘリン、テホの〝美しき台風〟、スアの〝変態君〟も心ばかりの援助を申し出た。由美は祈りを込め出来る範囲で最大限の協力を惜しまなかった。


ジースンは誠に伴われてシアトルに向かった。彼女は機内で、〝韓国でずっとミジャとジーニョンのことを考えていたこと、二人がどれほど無念な思いを抱きながらこの世を去らなければならなかったかを考えていたこと〟を誠に伝えた。

「でもね……私には悔いはない。感謝の気持ちで一杯なの」

ジースンは、そっと誠の肩に首を傾け微笑んだ。

タコマ空港で誠とウィリアムはがっちりと握手した。懐かしい白い家に着くと、義理の両親が来ていて出迎え、暖かい抱擁を交わした。瘦せ衰えたジースンを見て、サニーは号泣した。一番後ろに立っていたアンドリューが一歩手前に出て、母と子は胸を震わせながら見つめ合い、そしてゆっくり歩み寄って、しっかりと抱き合った。誰も涙を抑えることができなかった。

シアトル・ワシントン大学付属病院でのジースンの検査結果を前にして、ウィリアムとアリーの二人は、これからレスリングの試合に臨む選手のような心境だった。なぜなら、二人は自分の腎臓を提供することをとうに心に決めていたから。

告げられたのは〝外科手術が必要なこと。しかし開腹手術は困難であること〟だった。

因みに適合検査結果は、ウィリアムは不適合、アリーは適合だった。ジースンは、開腹手術を受けることも献体移植を待つことも自分には無理であり、まして生体移植を受ける意思はないことをはっきりと告げ、目の前の初対面のアリーに心から感謝と敬意の念を伝えた。ジースンとアリーは、最初のそして最後の暖かい抱擁を交わした。

病院は様々な検討を重ね、ＡＩを駆使したロボットを用いた内視鏡下の最先端手術を選び、ジースンをそれに同意した。手術前にもまた沢山の検査があった。その間、ジースンは元気にしていた。〝アメリカでのジースンはいつも不思議なほど満ち足りた様子だった〟と彼女の最後の時を知る友人たちは皆、口を揃えて言った。彼女は、よたよた歩き、何か大きな動きをする時などはまるで老婆のように見えたと言う。しかし何かはっきりと意思表示する時や、思わず笑みを漏らす折には、まるで二十代の生気を発し溌剌と輝いていたと述懐している。

手術当日、ウィリアムとアンドリューは朝から病院に詰めた。誠は近くのホテルの一室で一報を待っていた。昼前に始められた手術は順調に進み、ほぼ定刻通りに終わった。その後、容態の推移が見守られたが、手術終了後約三時間半の後、合併症を起こし容態が急変して、ジースンは息を引き取った。

健常な肉体なら乗り越えられたであろう肉体的試練に、度重なる手術と長い闘病生活で弱っていたジースンの体はついに音《ね》を上げてしまったのだろう。手術直前に彼女の残した言葉は〝私、人生で今が一番幸せです〟だったが、さらに麻酔で薄れゆく意識の中で〝ありがとう、ありがとう、……〟と繰り返したことが、付き添いの看護婦によって家族に伝えられた。

誠が待機するホテルの一室に、夕方近くなってウィリアムから連絡が入った。三人の男たちは、それぞれの思いを胸に抱きながら、現実をしっかり受け止めた。しかし、あれほど気丈で強かったアリーは、シアトルの自宅でその日一晩、なす術もなく泣き通したという。

後に出版されたウィリアムの絵本の裏扉には、こう記されていた。

〝在りし日のジースンに捧ぐ〟

ジースンが亡くなって三日後に、近くの教会で葬儀がしめやかに営まれた。参列者はアンドリュー、誠、ウィリアム、サニー、マイク、村田家の親類、アリー、シャーリー、近所の人、友人、以前勤めていた会社の上司や同僚、それに韓国から急遽飛んできたジーミンとテホ、ボルティモアから駆けつけた由美だった。

葬儀の翌日、ジースンの亡骸は荼毘《だび》に付された。壷と桐箱に納められた遺骨は、ウィリアム家のリビングの片隅に設えられた小さな祭壇に安置され花と水が供えられた。

ウィリアム家に集まった、アンドリュー、ウィリアム、誠、由美、ジーミンを前にしてテホが畏《かしこ》まった調子で口を開いた。

「実はここにいる皆さんにお知らせしなければならないことがあります」

突然のことだったので皆、半ば驚き半ば興味を引かれ、場が静まった。

ウィリアムが、

「何かな？」

と呼び水を差した。テホは、背広の内ポケットから一通の封筒を取り出して、それを皆に見せた。表には『遺言　パク・ジースン』、裏には『20**年**月**日』とあった。ジースンが誠とシアトルに発つ前日の日付だった。

「これはジースン叔母さんから僕が預かったものです」

そして封筒の中身を取り出して言った。

「では読ませていただきます」

先ず私は皆様に心から感謝の念を伝えなければなりません。私にこの世の生を与えてくれた両親、兄弟姉妹の絆を深めてくれたお兄さんお姉さん弟、それに青春を共に喜び悩み苦しみながら交友を暖めてくれた多くの友達、いつも暖かい眼差しで見守り応援してくれた親戚の人々……。

英語の勉強のため、たまたま行ったアメリカで縁あって結ばれたウィリアム、自分の本当の子供のように接してくれたウィリアムのご両親、そして何よりも待望していたアンドリュー。アンドリューが誕生し成長し、そして互いに教え教えられながら育まれた、切っても切れない親子の情愛と絆。

日本で、苦しい生活を強いられ落ち込んでいたとき、偶然知り合い、それ以来いつも私を励まし助け愛してくれた誠さん、それに恵美子お母さんと由美さん、本当にありがとうございました。

これから私は先端医療を受けるため、シアトルに向かいますが、直感的に感じています。

〝再び生きて韓国の地を踏むことはないだろう〟と。でも、今度ばかりは我を張らず皆さんの勧めに従おうと思っています。

今の私は、これから何が起きようと怖くはありませんし、不思議に心が落ち着いています。私に何かあっても、三日だけ悲しんでそれ以上は悲しまないで下さい。心残りが全くないと言えば嘘になります。

亡くなったジーニョンのことでは、あのような死から、〝可哀想に。どうしてもっと頑張れなかったの？〟という思いが頭を離れた日は一日としてありませんでした。いつも私の心のどこかにあって、私を痛めるのです。でも……、先日ミジャのお墓参りに行く途中、コスモスの花畑を通った時、ジーニョンとミジャが嬉しそうに楽しそうに話しているのが聞こえ……、確かに聞こえ、その瞬間、〝ああ、これで良かったのかも〟という思いが湧き上がり、胸の閊《つか》えが取れた気がしました。

アンドリューのことでは、離婚という子供にとっては惨い経験をさせ、決して良い母親とは言えませんでしたが、ウィリアムやご両親の愛情と庇護のもと、すくすくと育ち、私が言うのもなんですが、とてもとてもよい子に育ちました。是非、これからも勉強しいろいろ学んで、少しでも世のため人のために役立つ大人になって下さい。近頃のアンドリューを見ていると、とてもしっかりして、私の心配など杞憂でしょうが、健康にだけは留意して、誠実に前を向いて力強く進んでくれることを信じています。

ウィリアムには、よい妻でなかった私を見守り続け、そして何よりも男手でアンドリューを立派に育ててくれたことに感謝します。是非、ロセッティさんとの楽しい家庭を築いてください。

誠さんは、終始変わらぬ愛を私に注いでくれました。またアンドリューと共に私を成長させ新しい世界を拓いてくれました。本当にありがとうございました。

テホとスアにもいろいろお世話になりました。二人とも是非良い伴侶を見つけ楽しい家庭を築いてください。〝価値観が一致すること〟が一番の気がします。


最後に、自分の意思を曲げず、我を張ってきた私ですが……、最後の〝我〟をもう一度だけ言わせてください。それは私が亡くなって眠る地のことです。私が生まれ青春時代をすごした祖国韓国、アンドリューという宝物を授かったアメリカ、留学生活四年を過ごし誠さんと出会って愛を深めた日本、そのどれも私を育ててくれたという意味で、母国に他なりません。私は三国のどこでも構いませんので、是非、お兄さん、ウィリアム、誠さんの三人で決めて下さい、これが私の本当に最後の

〝我〟です。

この遺言をテホに託します。皆さん、本当にありがとう……。

テホが読み上げるのを黙って身動ぎもせず聞いていた皆は、終わっても誰一人口を開かなかった。それぞれが心の中で、ジースンの思い出に浸り、改めてジースンの生涯に思いを馳せていたのだろう。

しばらくしてウィリアムが静寂を破って言った。

「皆さん、故人のたっての願いですし、埋葬場所について話し合いをしませんか」

「そうしよう」

皆、同時に声を上げた。

話し合いの取り持ち役的なウィリアムが、

「ではどなたからでも、お考えを……」

と言うや否や、ジーミンが〝はーい〟と手を挙げて話し始めた。

「なんと言ってもジースンはパク家の一員です。祖国の韓国で眠るのは当然じゃありませんか。それにウィリアムさんと誠さんには失礼かも知れませんが、夫婦であった時があるにせよ、あくまで離婚した身です。考えるまでもなく……私が遺骨を持って帰ります」

話している間にだんだんヒートアップしてきた父をテホが宥《いさ》めるように言った。

「父さん、まあまあ……落ち着いて。皆さんの意見を聞きましょう」

「そうか……」

ジーミンはなにやら不満そうだった。続いてウィリアムが言った。

「私の意見は……。実の息子であるアンドリューの意見を尊重します。アンドリューはどう思う?」

アンドリューはちょっと緊張した面持ちで話し始めた。

「僕はシアトルがいいと思う。僕を生んでくれた地だし、僕やお父さんが住んでいる所でもあるし。僕はお母さんが帰ってきて、一緒に暮らすのを十年以上も待っていたんだから」

最後に誠の番になった。誠は、

「僕は、どこでも構いませんが、出来れば日本にしていただければ有難い限りです。日本が韓国とアメリカの間にある地理的な面もありますが、実は母の恵美子が私の家から一時間くらいで行ける多摩霊園という所に土地を買ってあり、そこにジースンさんのお墓を立てることが出来ますし……」

その後も三人は、それぞれの思いの丈を語り合ったが、なかなか結論には至らなかった。

皆疲れて口数も少なくなった頃、由美が初めて口を開いた。

「皆さん、それぞれ言い分はあるでしょうが、ここは私に免じて〝日本に〟ということで決めて下さいませんか」

なんと言ってもうら若い美人は得だ。アンドリューもそれまでいろいろ主張していた割には目を細めて聞いているし、ジーミンは初めて会った若き美人女医にポカーンとしている。由美は続けた。

「ただし提案があります。三ヶ国で生きたジースンさんに相応しく、お墓に三ヶ国語で墓碑銘を彫ってはいかがでしょうか？」

皆、賛成だった。

「それで、どんな墓碑銘にするか、アンドリューとテホさんと私の三人に任せていただけないでしょうか？」

全員、賛成だった。

誠、ウィリアム、ジーミンがジースンの祭壇にお参りをし、雑談している間、若い三人は別室で相談した。三人はリビングに戻ってくると、

「決まりました」

と声を揃えていった後、アンドリューが発表した。

「Dedication（デディケーション）」

由美が続けた。

「献身」

最後にテホが言った。

「헌신（ホンシン）」

最終章　仮面劇の一場面

「な、凄いだろ。俺は長生き出来そうもないよ」

テホが言った。

「いいんじゃない。生きている間、それだけ優しくしてもらっているんだから」

スアが言う。

「彼女、台風なんだよ。本人は自分が台風って気付いていないけど。ライオンがじゃれて主人を甘噛《あまがみ》したら主人の腹がザックリいっちゃったとか、ゴリラがじゃれて主人の肩を軽くポンと叩いたら主人の骨がボッキリいっちゃったとか、イノシシがじゃれて主人に突進したら、主人が突き飛ばされてどっかにいっちゃったとか」

「ゴリラやイノシシって主人にじゃれる？」

「とにかくそんな感じで……」

「ふーん。すてきじゃない」

「お前は相変わらずジメジメやっているのか?」

「変な言い方しないでくれる」

「だってそうだろう」

「そうだけど……彼、そう、変態だから。そのうち私も同類になってしまいそう。

アー、やだやだ」


――――


ジースンが訊ねた。

「なぜ、人は歌をうたうのですか?」

厳しい中に慈愛に溢れた白髪の老人が答えた。

「愛が疼くから」

遥か上のほうから、天童たちの声が聞こえる。

〝かしこきおもいを具せずして、ただほれぼれと弥陀《みだ》の御恩の深重なること、つねに

おもいいだしまいらすべし〃

〃よっこらしょ〃とキョンエが、隣のジーミンの肩に手を置いて立ち上がり、次に手を頭に置いて軸にし、ぐるりと体を回転させて部屋を出ていった。

「そのうち、もう一人、あなたが必要になるわね」

ヒヤが言う。

「お前がいるだろう」

「私は駄目。肩も首も細いから」

「じゃー、鍛えておかないと」

〃よっこらしょ〃ヒヤはいかにも辛そうに立ち上がった。

ミジョンが泣いていた。ただただ悲しかった。理由も分からないまま、延々と続く悲しみだった。

「なぜなのか分からない。辛いのです」

ミジョンの背中に優しく手を置き、チュンチョンの叔父が声を掛けた。

「どう生きても負い目はなくならない。神様がそう決めたのだから何か理由があるのだろう。お前はいい姉だったよ。私が知っている。ジースンが生きている間は、『私は悪い妹だ。姉さんにばかり苦労や心配をかけて』って泣いていたな。どうして、こうも姉妹っていうのは、いや人間っていうのは、ちぐはぐなんだろう。はっはははは」

ミジョンも天気雨のように笑って洟《はな》をかんだ。

――――

「歌い手が豊かなもの純なものによって歌うなら、受け手はそれを豊かなもの純なものによって受け取る。知性を役立てる必要はない。それは必ず伝わる」

老人の言葉に、

「はい」

と答えたジースンの瞳がキラリと光った。


「お母さん？」

由美が呼び掛けても、

「あうあうあうあうあうあうあうあうあう、おうおうおうおうおうおうおうおうおう、あうあうあうあうあうあうあうあうあう」

「ねえ、お母さん？」

「ういういういういういういういういうい」

手を合わせ一心不乱に拝んでいる。

「ご飯よ」

「あうあうあうあうあうあうあうあうあう、おうおうおうおうおうおうおうおうおう、あぅぁぅあぅあぅあぅあぅぁぅぁぅぁぅぁぅぁぅぁおはああい！」

恵美子は〝これでよし〟という風に居住まいを正し、箸を手にした。

「ほんとに、ほんとに……、有難いことだ」

味噌汁を啜った。

「ジースンさんにお礼をしているんだよ。毎日こうやって手を合わせてね」

「分かるわよ。でもすごく長いわね。ご飯が冷めちゃっているよ」

由美は微笑みながらズズッと味噌汁を啜った。

「歌と創意工夫は相容れないものですか？」

「心が動く時、同時に知性も動くようなら、歌はうたわぬがよい」

「何故ですか？」

「野心があるから」

「野心は許されぬものですか？」

「止むに止まれず歌うのだということが分からないのであれば、歌はうたわぬがよい」

「私にはよく分かりません」

「ニオベがレトに子供全員を殺され、夫まで自死に追いやられ、悲しみのあまり石になったという神話は、このことわりを明かしておる」

「よく分かりません」

「歌とは悲しみのことだ、分かるかな？」

「はい、それはなんとなく」


――――


「いい人、出来た？」

アリーが聞いた。

「いやー、そんなにホイホイいかないよ」

「そうね。でも学校の先生ってどうなのかな。関係ないわよね？」

「さーね。君の方はどう？　彼と進展あった？」

「いい感じ、よ。悪いけど」

「ははっ、参るな」

二人は並んで歩きながら脇道へそれて駐車場に入ると、顔を見合わせて笑顔を交わした。

「再来週中には出来ると思うよ。絵は全部で二十ページ。郵送するね」

「わーお、楽しみ。彼、待っているわ」

別れ際にアリーが投げキスをすると、ウィリアムが〝こいつ〟と人差し指をクルッと回した。


――――


「お前は人から感心してもらいたいか？」

老人が今度はジーニョンと話している。

「えー、少しは」

ジーニョンは正直に答え様子を窺った。隣のジースンが弟にチラッと目をやった。

「では難しい言葉で話しなさい。普通と違うことをしなさい」

「それはちょっと……」

隣でジースンが、クスッと笑った。


――――


「退屈じゃなぁ」

徹は体を前後に揺すりながらぼやいた。

「『天国で、一人で過ごすことより大きな苦痛はない』と言ったのは確かゲーテだ。そう、ゲーテ」

「ではゲーテさんは天国にいらしたことがおありなのですか？」

ミジャが訝しげに聞いた。徹は思わず吹きだした。

「いや、いや、可愛い娘さん」

と言いながら肩に手を触れようとした。

「やめて下さい……」

咄嗟に身をさけた。

「きっと、それに違いない、と言ったんだな、彼氏は。二人でも寂しいね。うん？」

じっとミジャの横顔を見つめた。

「お前さんの待ち人はいつ頃ここに？」

ミジャはきょろきょろあたりを見回しながら、

「もう来るって、聞いたんですけど……」

「こっちもさ。付き合わされているの、あんたに」

「私……彼が自ら志願して、等活《とうかつ》地獄だかを回って来るって聞いています」

「そうか。いずれにしても、ジースンがそろそろ来る頃だ」

そわそわしながら辺りを見回している。

「素敵だよ。とにかく」

徹は、揉手《もみて》をしながらニンマリした……。ミジャは気味悪そうに少し体を離した。

「会ってみればあんただって分かるさ。あんたも魅力的だ。けどジースンはもう……

なんというか、こう……熟れている。あんたみたいに『止めて下さい！』なんて、つれないことは言わない」

そう言いながらミジャの真似をした。

「それでよくこちらへ来られましたね」

ミジャは本音を吐いた。

「もしかすると浄罪が終わっていないんじゃないか。大丈夫かい、あんたの連れは。いったい何をやらかしたんだね」

ミジャは無言で何かを思い巡していた。

「実は……あの、ちょっと自、自殺を……」

「ははー自殺をね。それにしてもあんた、等活地獄を知っとるなんて、急にさばけたね」

ミジャはついうっかりという風に、

「ごめんなさい……」

顔を少し赤らめた。

「そりゃー何だな。難しいかもなぁ。自殺って、なぁ、難しいぞ」

ミジャはしばらく考えあぐねていたが、

「でも！」

と一言発すると顔を上げて言った。

「おじいちゃんも来ることが出来たのですから……」

語尾が消え入りそうだった。


――――


「より高くより深く進むにはどうすればよいのでしょうか？」

「より高くより深いものを目指して意匠を凝らすという行為は、それだけの能力を持ち、それだけの域に達しているものにのみ許される三昧境《さんまいきょう》である」

老人とジースンの会話が続いている。


――――

「何の問題もありません」

検査結果を向原医師が伝えた。誠は自分の腹に手を当てた。何か言いかけて止めた。

「今の薬をしばらく続けましょう」

医師が言った。誠は、

「ありがとうございます」

と頭を下げると、医師は微笑んだ。

病院を出るともう昼過ぎだった。通りの向かい側の蕎麦屋に入った。

「何にしようか？」

ジースンに声をかけた。もうすっかり習慣化していて、どこにいても何をやっていても、二人はいつも会話を絶えさせなかった。

「美味かったかい？」

誠が立ち上がって勘定をすますと女将が言った。

「離れる心配はもうないですね」

「究極の一心同体だね」

「奥様、さぞかし喜んでいらっしゃいますよ」

「そうだといいけど」

「そうですとも、ねえー奥様」

誠のお腹に向かって声をかけた。

「ごちそうさま」

誠は店を出ると、晴れた空を振り仰いで、〝さあ、ジースン……〞と心の中で声をかけながら歩き出した。


――――


「何をなすべきか、どうすれば明らかになるのですか？」

今度はジーニョンが聞いた。

「お前が心から欲すること、それがお前のなすべきことだ。それ以外になにもない」


――――

「道があるだけでも僕歩けません。足があるだけでも僕歩けません」

アンドリューが言う。隣を歩いているシャーリーがクスッと笑った。

「目があるだけでも私見えません。光があるだけでも私見えません」

「盗作だ」

アンドリューが尖がった。

「あら、変奏って言うのよ」

「じゃーいくらでもいけるぞ。口があるだけでも僕喋れません。言葉を知っているだけでも僕喋れません」

ふふっと、シャーリーが笑った。

「右手だけでも手は繋げません。左手だけでも手は繋げません」

そして突然、

「手を繋ごう」

と言うと、アンドリューがくるりと半回転して右手でシャーリーの右手を握ったので、二人はフォークダンスでもするような格好になって、さらにくるりと一周した。

「右手と右手は繋げました。さあ、どうしてくれる？」

「握手って言うのよ、今のはね」

二人はしばらく、キャッキャッとはしゃいでいた。

「ねえ、お母さんってどんな人だったの？」

アンドリューは、しばらく考えてから、

「明るい人だったよ。少し恐かった」

とちょっと笑いながら言った。

「でも冷たいところは全然なかったよ。おじさんがいつも言っていた。『向日葵のような人だ』って。おまけに『竜巻みたいな人だ』ともね」

アンドリューは、ぷっと吹きだした。

「『竜巻みたいだけど憎めない』って。率直だから。『彼女の率直さは、本当に敬意に値するくらいだ』って」

夕刻の静けさの中、二人は街中へ入って行った。シャーリーが、突然思い立ったように、

「質問です」

と言い出した。

「私が今、興味を持って研究している動物がいます。何でしょう？」

〝ええっ〟という顔でアンドリューがシャーリーの方へ振り向いた。

「家に着くまでに答えてください」

シャーリーは、〝ふふっ〟と笑ってくるりと身を翻した。

「飼っているの？」

「飼いたいけど今はちょっと無理」

真顔で答えた。

「猫」？

「ブー」

「じゃー、犬？」

「ブー」

「金魚？」

「ブー」

アンドリューは〝この調子では難しそうだ〟と思い、よく考えることにした。〝当てずっぽうで片っ端から答えても埒が明かない。ここは彼女の性格を考えて答えないと……〟と思い始めた。

「分かった。亀だ」

「ブー」

彼女はウキウキしながら飛び跳ねるように歩いた。

「鸚鵡《おうむ》かな？」

「ブー」

際限なく繰り返される〝ブー〟に痺れを切らせて、アンドリューが言った。

「ヒントは？」

「ノーヒント」

シャーリーが返した。

その後も延々と動物の名前がアンドリューの口から発せられたが、相変わらず〝ブー〟の繰り返しだった。

「降参！」

アンドリューはついに音を上げた。シャーリーの家が向こうに見えてきても、彼女はニコニコしているだけで一向に答えを教える気配がない。家の前まで来てアンドリューが萎えて言った。

「シャーリーは降参しても教えてくれません。家に着いても教えてくれません」

「私、家に着いたら教えるなんて言ってないもん！」

「けち！」

シャーリーがぱっと門の前に跳んで顔を上げた。

「ヒント。私の好きな人！」

アンドリューは呆気《あっけ》にとられた表情で固まってしまった。

すかさずシャーリーが嬉しそうに小さく叫んだ。

「アンディーはノーヒントでも答えられません。ヒントをあげても答えられません」

悪戯っぽくチョロッと舌をだすと、くるりと向きを変え家の中に走り去って行った。


――――――


「お前たちは満腹か、空腹か？」

「今はお腹がすいていません」

姉が答えた。

「空腹でなければ歌はうたえない」

「歌とは一杯の粥のようなものでしょうか?」

弟が聞いた。

「空腹であれば歌は一杯の粥のようなものだ。それをお前たちは喜んで食べるだろう。歌い手も聞く側も。それに変わりはない」

「歌はどこに存在するのですか?」

「大気中に」

「心の中ではありませんか?」

「心を通して心へ伝わる。もともとどこに存在するかと問われれば大気中と答える以外にない。それは誰のものでもない」


「最も大切なこととは何ですか?」

「お前に抑えがたい強い欲求があること。そしてお前がこれから為そうとしていることが目前にありありと見えていることである」

老人とジースンそしてジーニョンの会話はいつ終わるともなく続いている。

「対象や意図を愛情と切り離して捉えることは適わぬ。何故ならお前たちの知覚そのものが愛情と深く係わっているから。それが裏切られた愛なのか報われた愛なのか、独占される愛なのか分配される愛なのか、自己愛なのか他者愛なのか、の違いがあるだけだ」

姉弟の二人は上を見上げた。天道たちの歌声が聞こえてきた。

〝かしこきおもいを具せずして、ただほれぼれと弥陀の御恩の深重なること、つねにおもいいだしまいらすべし〟

エピローグ

そして五年後、アンドリューは由美が留学しているメリーランド州ボルティモアの名門ジョンズ・ホプキンス大学医学部の二年生になり、内科医になるべく勉学に励んでいた。

アンドリューは、ジースンの墓参りをするため、約二週間の休みを利用して四月初めに日本を訪れた。ジースンが亡くなって約半年後、誠が建てたお墓が完成し、誠はシアトルに向かいウィリアムとアンドリューに報告し、遺骨を持ち帰って新しいお墓に納骨していた。

誠と連絡を取り合って、当日誠の運転する車でジースンが眠る霊園に向かった。途中、桜が満開で、澄み渡った青い空を背景に白と言っても良いような極薄ピンク色の靄《もや》が架かっていた。

助手席に座ったアンドリューは、持ってきた小さな手荷物を大事そうに膝の上に置いていた。

誠の家から四、五十分走ると、多摩丘陵地帯に出、少し登り道を走った所にそれはあった。小高い丘の斜面の、段々畑のように整地された場所に幾段ものお墓が整然と並んでいた。遠くに富士山がくっきりと望まれた。

車を駐車場に止め、外に出るとき誠は予め準備していた二束の花束と線香を手にしていた。アンドリューは例の手荷物を携えていて、誠は〝何かな？〟と思いながらも黙っていた。

二人は、霊園事務所に寄って係りの人に墓参を告げ、ライターを借り、水とお茶のペットボトルを自販機で買い、石段の上り口にあった水道で、そこに置いてあった手桶に水を満たし、柄杓と、柄付タワシ、それに雑巾を持って石段を登り三段目にあるジースンのお墓に着いた。お墓にはまた新しい花束と水のペットボトルが供えられていた。アンドリューが、

「ナカジマさんはよく来られるのですか？」

と聞くと、誠は、

「うん時々ね。それに母の恵美子も」

静かに言った。

二人は、手桶の水を柄杓で墓石に掛けながら、借りてきた道具を使って汚れを綺麗に取り除いていった。その作業も終わり、見た目にも綺麗になったところで、誠が言った。

「日本では、お墓を綺麗にするため最後にやらないといけないことがあるけど、アンドリューは分かるかな？」

「分かりません。何ですか？」

「それはね、体を洗ってやるように、こうして自分の手で直接洗ってやるんだよ」

と言いながら、見本を示すかのように、柄杓で水を掛けては、自分の手で御影石の墓石を丁寧に撫でるように慈しむように洗った。それを見てアンドリューも倣った。

清掃を終え、持って来た花束を、水を替えた一対の花差しに差しいれ、新しいペットボトルを供え、線香を焚いた。

二人は、線香の匂いを嗅ぎながら、すっかり綺麗になったお墓と改めて対面した。

そこには、あの約束通り、『献身』『헌신』『Dedication』と三ヶ国語で墓碑銘が彫られ、その下に『韓国で生まれ韓国とアメリカと日本で生きたパクジースンここに眠る』と

あった。

二人は順番に手を合わせ深く長く頭《こうべ》を垂れた。

誠が、

「ではそろそろ帰ろうか？」

と声を掛けると、アンドリューが、

「ナカジマさん、お願いがあります」

と言い出した。誠が、

「え！　何かな？　僕に出来ることなら何なりと……」

と答えると、アンドリューは持ってきた手荷物から白衣を取り出し、それをきりっと着こなし、もう一度墓石に向かって直立し何かを語り掛けるようにしてから、深々と礼をした。

そんなアンドリューの姿を見ていた誠には、立派に成長したアンドリューの姿を向こうから目を細め誇らしげに見ながら微笑んでいるジースンがありありと目に映った。

アンドリューは誠の方に向き直り、白衣のポケットから聴診器を取り出して言った。

「ナカジマさん、母の腎臓の音を聴いてみたいのですが。お願いしていいですか」

虚を突かれた誠は一瞬たじろいだがすぐに言った。

「ああ、いいよ。服を挙げようか？」

「そのままで大丈夫です。この聴診器、性能がいいんです」

そう言って、アンドリューは母の移植腎臓が息づいている箇所に聴診器を当て必死に耳を澄ませた。アンドリューが何を聞き、何を感じているか、はっきりしたことは誠には分からなかったが、しばらくするとアンドリューは少し泣き笑いを浮かべながらも、大粒の涙をぽたぽた溢し始め、嗚咽を必死に耐えているようだった。緊張感も手伝ってか気丈に振る舞っていた彼は今、一人の大人であり一人の子供であった。誠は、そんなアンドリューを胸に軽く抱き、目を瞑り小さく頷きながら、優しく愛おしそうに頭を撫でていた。いつまでも、いつまでも……。

参考文献

向田邦子『思い出トランプ』所収「大根の月」（新潮文庫）
エドガー・アラン・ポー『黒猫・黄金虫』佐々木直次郎訳　所収「メールストロムの旋渦」（新潮文庫）
萩原朔太郎　散文詩集『宿命』所収「自殺の恐ろしさ」（角川書店版〝昭和文学全集〟第二十二巻）
ハンス・カロッサ『ルーマニア日記』高橋義孝訳（新潮文庫）
『歎異抄』第十六段（岩波文庫）

著者プロフィール
ハン スージ (Susie Han)
韓国生まれ
アメリカ国籍
武蔵野音楽大学に留学し器楽部卒業
韓国檀国大学教育大学院で音楽教育を修了
アメリカ大手金融会社プルデンシャルに勤務
現在は日本に住みフリーターとして活躍
著書に『献身』(文芸社) がある

花畑の中の十字架 (献身 その2)

2019年9月15日 初版第1刷発行

著 者 ハン スージ
発行者 瓜谷 綱延
発行所 株式会社文芸社
〒160-0022 東京都新宿区新宿1-10-1
電話 03-5369-3060 (代表)
03-5369-2299 (販売)

印刷所 株式会社晃陽社

ISBN978-4-286-20989-0